Catherine

Der Vampir und die Polizistin 2

Dale Cooper

Catherine Drake strebt nach dem Titel „*Königin der Finsternis*". Sie kämpft mit dem New Yorker Vampir Cole darum, das Oberhaupt aller Vampire sein zu können. Mit allerlei Finesse und Heimtücke versuchen die beiden Vampire ihr Ziel zu erreichen. Gleichzeitig führt Catherine einen äußerst blutigen Rachefeldzug gegen Peter Miller und dessen Familie. Die junge Londoner Polizistin Audrey Weaver wird zum Spielball mächtiger Vampire und gerät dabei mehrmals in tödliche Gefahr. Außerdem entwickelt sich eine dramatische Dreiecksbeziehung zwischen der Polizistin und zwei Vampiren, die sich beide unsterblich in Audrey verliebt haben.

Der Autor wurde 1967 in Hildesheim geboren und publiziert unter dem Pseudonym Dale Cooper Romane. Sein erster Roman „Der Vampir und die Polizistin" wurde 2013 veröffentlicht.
Außerdem hat er eine Reihe von Fachbüchern publiziert. Er lebt und arbeitet seit über zehn Jahren in München.

Dale Cooper

Catherine

Der Vampir und die Polizistin 2

Roman

Bibliografische Information der Deutschen Nationalbibliothek

Die Deutsche Nationalbibliothek verzeichnet diese Publikation in der Deutschen Nationalbibliografie; detaillierte bibliografische Daten sind im Internet über http://dnb.d-nb.de abrufbar.

Herstellung und Verlag:
BoD – Books on Demand, Norderstedt

ISBN: 978-3-7322-9950-8

18. September

„Wo bin ich?"

„Du bist in Sicherheit, Audrey."

„Ja, aber was ist das für ein riesiger Raum und warum bin ich voller Blut, Catherine?", stammelte Audrey, die soeben aus einer tiefen Bewusstlosigkeit erwacht war.

„Wir sind in New York. Du bist letzte Nacht aus London entführt und hierher verschleppt worden."

„Aber warum und von wem?"

„Das weiß ich noch nicht", erwiderte Catherine Drake nicht ganz wahrheitsgetreu. Denn erst vor wenigen Augenblicken hatte sie Sangus mit einem geradezu fürchterlichen Schwerthieb enthauptet und ihn somit für alle Ewigkeit ausgelöscht. Sie hatte Sangus überrascht, als er gerade dabei gewesen war, seine weit ausgefahrenen Fangzähne in die zarte Haut der Londoner Polizistin Audrey Weaver zu setzen. Audrey lag zu dem Zeitpunkt noch besinnungslos und blutverschmiert auf einer Art Altar, so dass sie Catherines mörderische Tat nicht beobachten hatte können. Catherine untersuchte direkt im Anschluss an Sangus' Vernichtung den nackten Körper der Polizistin nach Bisswunden. Glücklicherweise fand sie keine einzige. Das Blut, welches auf Audreys Körper zu finden war, stammte offensichtlich von jemand anderen. Dies gehörte anscheinend zu einem unheilvollen Ritual, welches Sangus hatte durchführen wollen. Warum dieser Audrey allerdings entführen ließ, konnte Catherine nicht so ganz nachvollziehen. Ihr lagen keine Hinweise darüber vor, woher Sangus von ihrer engen Beziehung zu Audrey erfahren haben mochte. Möglicherweise besaß er die Information schon, als er sie vor einigen Tagen in London getroffen hatte. Sie erinnerte sich daran, dass Sangus erhebliches Interesse an ihrem Liebesleben gezeigt hatte. Wahrscheinlich gefiel ihm nicht, dass ihn Catherine damals belogen hatte und er wollte sie dafür bestrafen. Gegenüber einem König gehörte sich ein Verhalten der Unaufrichtigkeit eigentlich nicht. Voraussichtlich wollte Sangus nur testen, wie sie darauf reagierte, wenn er Audrey körperlich züchtigte. Ob sie absolute Loyalität an den Tag läge, sobald er sich an ihrer Freundin verging. Wie sich gezeigt hatte, war die Liebe zu Audrey deutlich stärker gewesen als die uneingeschränkte Loyalität zu ihrem König. Und dieser Umstand war nun Sangus zum Verhängnis geworden. Oder handelte es sich vielleicht doch nur um eine höchst emotionale Kurzschlussreaktion von Catherine, die sie zukünftig noch bitter bereuen würde?

Plötzlich wurde die bisher verschlossene Kellertür mit einem kräftigen Ruck aufgerissen und eine ziemlich düster drein blickende Gestalt, die fast den gesamten Türrahmen ausfüllte, betrat den Raum. Misstrauisch beäugte der Ankömmling Catherine und die immer noch völlig verstört wirkende Audrey. Er fragte knurrend: „Wo ist König Sangus?"

„Keine Ahnung", flunkerte Catherine. „Ich habe ihn hier nicht angetroffen."

Mehr als hundert Jahre hatte Sangus als *König der Finsternis* die Vampirliga angeführt und häufig genug Schrecken unter den Untoten verbreitet. Die Vampirliga stellte seit vielen Jahrhunderten die führende weltweite Organisation der Vampire dar. Eigentlich hätte Sangus in dieser Nacht über seine Nachfolge als *König der Finsternis*, wie sich das Oberhaupt aller Vampire nennen durfte, entscheiden wollen. Dies war nun durch dessen Vernichtung unmöglich geworden. Sowohl Catherine als auch der Neuankömmling gehörten zu den potenziellen Thronfolgern. In weiser Voraussicht hatte Catherine ihr Schwert, welches sie *Bloodybur* nannte, wieder in ihr Halfter gesteckt. So konnte ihr Konkurrent um die Thronfolge nicht die frischen Spuren auf der Klinge erkennen und weiteren Verdacht schöpfen. Der geräumige Kellerraum befand sich direkt unter der stylish eingerichteten Cocktailbar *Dark Mansion*, in unmittelbarer Nähe zum *Times Square* in Manhattan. Die Bar gehörte dem New Yorker Vampir, der sich vor vier Jahrhunderten selbst den Namen Cole gegeben hatte. Als Mensch hieß er noch Henry Firestone.

Catherine besaß mit dem *Princess of Darkness* (PoD) einen Night Club in London, wo sich häufig die Londoner Vampire trafen, als deren Oberhaupt sie agierte. Ungläubig blickte Cole die Engländerin an. Er konnte nicht fassen, was er soeben vernommen hatte. Noch vor zwei Stunden hatte er gemeinsam mit Sangus in seiner Cocktail-Bar bei einem Glas synthetischen Bluts gesessen, bevor der König in den Keller hinabstieg, um sich der blonden Polizistin anzunehmen. Er wunderte sich, warum Sangus den Raum so plötzlich verlassen haben sollte. Denn schließlich stand in dieser Nacht eigentlich die Entscheidung an, ob Cole oder Catherine ihm nachfolgen würde. Wo zum Teufel steckte der König, fragte sich Cole. Die noch am Leben gebliebene Blondine deutete stark darauf hin, dass er durch irgendjemanden oder irgendetwas gestört worden sein musste. Aber durch wen oder was?

„Wo ist er, Blondie?", giftete er Audrey böse an.

„Ich kann mich nicht daran erinnern, was passiert ist", antwortete Audrey angsterfüllt. Sie atmete tief durch, dann blickte sie in Coles Augen. Sie waren sehr dunkel und wirkten gnadenlos. Hasserfüllt starrte der mächtige Vampir sie an. Sie sah, wie er sich lässig an die Wand lehnte, spürte seine dunkle Aura und schauderte. Dieser Blutsauger schien das personifizierte Böse zu sein. Sie spürte, dass er sich nahezu unbesiegbar fühlte und von seiner unbändigen Kraft restlos überzeugt war. Sie erstarrte buchstäblich vor Angst. Würde Catherine sie vor ihm notfalls beschützen können? Cole überragte die *Princess of Darkness*, wie sich Catherine aufgrund ihrer gehobenen Stellung in der Vampirliga nennen durfte, immerhin um mehr als einen Kopf und wies fast so eine massige und einschüchternde Figur auf, wie Sangus sie besessen hatte. Er wirkte nur deutlich gepflegter, war glattrasiert und mit einem teuren Armani Anzug bekleidet, der seine ohnehin schon breiten Schultern betonte. Der Vampir wies eine moderne Kurzhaarfrisur auf. Alles in allem eine imposante Erscheinung, die Angst und Schrecken verbreiten konnte. Nie zuvor hatte Audrey solch hasserfüllte Augen gesehen.

„Lass sie in Ruhe", mischte sich Catherine ein, „sie steht noch unter dem Eindruck des Geschehenen".

„Sie muss doch wissen, wo Sangus abgeblieben ist."

„Siehst du denn nicht, in welchem Zustand sie sich befindet? Sie steht unter einem starken Schock und kann sich an nichts erinnern. Hat Sangus ihr das angetan oder wer sonst brachte Audrey in deinen Keller, Cole?"

„Keinen Schimmer, ich habe den Blondschopf vorher noch gar nicht bemerkt und Sangus erwähnte auch nicht, dass er mit menschlicher Begleitung eingetroffen wäre. Wer ist die Kleine überhaupt und was hat sie hier zu suchen? Ich möchte keine Sterblichen in meinen Kellerräumen sehen. Hier unten befindet sich schließlich mein Vorratslager für synthetisches Blut. Das darf niemand sehen." Cole spielte den Ahnungslosen.

„Sind deine Sicherheitsmaßnahmen so schlecht, dass du noch nicht einmal weißt, was in deinem eigenen Keller vor sich geht? Du enttäuscht mich maßlos. Und du willst tatsächlich den Thron besteigen und zum König gekrönt werden? Sie gehört übrigens zu meinen engsten Freunden aus London und steht damit unter meinem persönlichen Schutz. Also Hände weg von ihr. Mehr musst du nicht wissen."

„Das gefällt mir nicht, Catherine", murmelte Cole scheinbar missgelaunt.

„Hast du trotzdem ein paar Kleidungsstücke für meine Freundin? Ich möchte sie ungern splitternackt durch New York schleppen müssen."

„Kein Problem. Ich lasse dir ein paar Klamotten für die Sterbliche bringen. Du kannst sie dann zum Hinterausgang rausschaffen, nachdem sie sich frisch gemacht und das Blut abgewaschen hat. Ich lasse für euch ein Taxi rufen. Das ist weniger auffällig, als wenn du durch die Lüfte entschwebst. Wir sind hier schließlich nicht in deinem verschlafenen London, wo du tun und lassen kannst, was du möchtest."

„Ok, danke."

„Wo bist du denn in den nächsten Tagen in New York zu erreichen, Catherine? Für den Fall, dass Sangus sich meldet und wir eine Ratsversammlung einberufen müssen."

„Gar nicht", antwortete Catherine, die Cole nicht einen Millimeter über den Weg traute. „Ich werde mich aber vermutlich einmal pro Nacht bei dir melden, damit du mich auf dem Laufenden halten kannst."

„Na gut, ich gebe dir erstmal vorsorglich drei Telefonnummern von Prepaid-Handys. Ich nutze jede Nummer in der Regel nur einmal. Ich möchte kein unnötiges Risiko eingehen. Die verdammten amerikanischen Geheimdienste, insbesondere die Kerle von der *NSA*, hören seit einigen Jahren fast jedes Telefonat mit. Deren Technik wird immer besser."

„Du bist doch paranoid."

„Lieber etwas paranoid und dafür nicht im Fokus der Geheimdienste oder anderer zwielichtiger

Organisationen. Stell dir doch nur mal vor, was passieren könnte, wenn die *NSA* herausfinden würde, dass Vampire existierten. Dann wären wir bis in alle Ewigkeit nur noch auf der Flucht. Das möchte ich uns gerne ersparen. Ich lasse euch jetzt allein. Wir hören und sehen uns dann hoffentlich in einer der kommenden Nächte, sobald sich Sangus gemeldet hat. Bis dahin: Genieß die freie Zeit in meiner Stadt. Warst du überhaupt schon mal im *Big Apple*, verehrte Catherine?"

„Bisher nicht. An meine Heimatstadt London reicht ohnehin kein anderer Ort heran. Aber ich werde mich die nächsten Tage natürlich ein bisschen umschauen. Vielleicht gibt es ja auch in New York ein paar nette Flecken. Ich melde mich morgen wieder. Bis dann."

Catherine strebte natürlich nicht an, in New York Sight-Seeing oder ähnliches zu betreiben. Das einzige, was sie in den nächsten Tagen an der Stadt interessierte, waren Nahrungsspender. Sie war durstig, hatte seit einigen Nächten kein frisches Menschenblut mehr zu sich genommen. Das musste sich schleunigst ändern, dachte sie.

Anschließend verließ Cole den Kellerraum und begab sich zurück in die Bar zu seiner Gefährtin Sally, die im *Dark Mansion* gelegentlich hinter der Theke stand und die zahlreichen Gäste mit Getränken versorgte. Die Besucher der Bar waren zum größten Teil Menschen. Im Gegensatz zu Catherine in London, wo sich die Vampire häufig in großer Zahl im *PoD* trafen, achtete Cole stark darauf, dass sich niemals zu viele Vampire in New York zeitgleich an einem Ort aufhielten. Er schenkte daher auch kein synthetisches Blut in der Bar aus, sondern lieferte es direkt an die Vampire, um deren Durst zu stillen. Als New Yorker Oberhaupt besaß er das Monopol auf den Handel mit synthetischem Blut in seiner Stadt. Das sollte garantieren, dass die Qualität immer auf einem hohen Level blieb und es zu keinem Unfrieden zwischen Vampiren führte. Außerdem reduzierte die extrem gute Qualität des synthetischen Blutes auch das Verlangen nach menschlichem Blut und die Anzahl der sterblichen Opfer hielt sich in Grenzen. Bisher verhielten sich die Vampire in New York unauffällig.

Sally traf er das erste Mal vor zwanzig Jahren in einer Strip-Bar in Las Vegas. Sie war dort als erotische Tänzerin im Einsatz und dreißig Jahre alt gewesen, bevor er sie zum Vampir machen durfte. Ihr erschien ein Leben als Vampir verlockender zu sein, als jede Nacht splitternackt um eine Stange zu tanzen. Sie bat Cole selbst darum, in eine Untote verwandelt zu werden. Sally war sehr hübsch, sogar völlig ungeschminkt. Sie hatte langes, kräftiges blondes Haar, unglaublich große Brüste, eine schmale Taille über ausladenden Hüften und schlanke Beine, die ihr fast bis zum Hals zu reichen schienen. Ihre kornblumenblauen Augen passten zu ihren vollen, zartroten Lippen. Sie sollte bis in alle Ewigkeit an seiner Seite bleiben und würde sicher eine gute Figur als Gemahlin des Königs abgeben. Obwohl sie als Vampir eigentlich noch viel zu jung für diese ehrenvolle Position wäre. Coles Plan sich an die Spitze der Vampirliga zu setzen, würde hoffentlich bald aufgehen. Die letzten Jahre als Oberhaupt der New Yorker Vampire ließen sich durchaus sehen. Er verbreitete Angst und Schrecken unter den Untoten und stand da seinem Vorbild Sangus nur in wenig nach. Cole verstand absolut keinen Spaß, ähnlich wie der bisherige König der Vampire. Wenn jemand seine Regeln nicht genau beachtete, folgte die zumeist unerbittliche Strafe auf dem Fuße. Catherine ging in London deutlich gnädiger mit ihren Untertanen um, wie Cole erfahren hatte. Dafür liebten die englischen Vampire Catherine abgöttisch, während er von seinen Untertanen eher gefürchtet wurde. Als *König der Finsternis* dürfte er zukünftig sogar andere Vampire töten. Darauf freute er sich besonders, denn es existierten einige Gestalten unter seinesgleichen, denen er nur zu gern den Schädel abschlagen würde. Jetzt musste er nur noch seine Gegenspielerin aus London aus dem Rennen werfen. Aber auch das würde ihm letztendlich gelingen, schwirrte es ihm durch den Kopf. An fehlendem Selbstvertrauen hatte er noch nie gelitten. Bisher hatte er so gut wie alles erreicht, was er anstrebte. Und das sollte auch zukünftig so bleiben.

Catherine zog Audrey in eine liebevolle Umarmung und gab ihr einen langen Kuss, tätschelte sanft ihre Schulter und redete beruhigend auf sie ein: „Es wird alles wieder gut, das verspreche ich dir."

„Das weiß ich doch", antwortete die Polizistin und schmiegte ihre Wange fest an die Brust des weiblichen Vampirs. In ihrer Nähe fühlte sich Audrey sicher und zweifelte in diesem Augenblick auch keine Sekunde an den Worten des Vampirs. Nachdem Cole den Raum verlassen hatte und vorerst keine Gefahr mehr für sie darstellte, fühlte sie sich schon etwas besser und weniger bedroht.

„Ich liebe dich und daran wird sich bestimmt niemals etwas ändern", sagte sie mit einem leichten Lächeln. Sie konnte sich noch schemenhaft daran erinnern, dass jemand in ihre kleine Londoner Wohnung eingedrungen war und ihr in der Finsternis ein mit Chloroform getränktes Tuch auf das Gesicht gedrückt hatte. Erkennen konnte sie ihren Angreifer aber nicht. Im Gegensatz zu Vampiren, die bei Dunkelheit perfekt sahen, konnte sie leider – wie alle anderen Menschen auch – nicht gut sehen, wenn es stockduster war. Die Ereignisse der letzten Stunden in New York lagen bei der Polizistin sogar völlig im Dunkeln. Einerseits begrüßte Catherine dies, da Audrey sicher einige Schmerzen und Ängste erlitten haben musste und trotzdem nicht traumatisiert zu sein schien. Aber andererseits hätte sie natürlich auch gerne gewusst, wer neben Sangus noch Hand an Audrey gelegt und sie von London nach New York verschleppt hatte. Catherine würde diese feigen Ratten zur Verantwortung ziehen, so wie sie es bereits mit Sangus getan hatte. Die fehlende Erinnerung bei ihrer Freundin ließ darauf schließen, dass ein Vampir diese gelöscht haben musste. Aber erst einmal war Catherine froh, dass Audrey überhaupt noch lebte und mit ihr zusammen den Kellerraum physisch nahezu unverletzt verlassen konnte.

Die Polizistin begab sich in ein ziemlich winziges Badezimmer, welches sich in einem der übrigen Kellerräume befand. Sie stellte sich unter die Dusche, um die Blutspuren, die sich noch auf ihrem Körper befanden, abzuwaschen. Im Anschluss daran zog Audrey ein schwarzes T-Shirt mit einem Nirvana-Aufdruck und abgetragene blaue Jeans an, welche Coles Bardame Sally mittlerweile gebracht hatte. Die Kleidung war ihr zwar mindestens zwei Nummern zu groß, aber damit musste sie erst einmal leben. Besser als nichts, dachte die Polizistin. Wo ihre eigenen Sachen abgeblieben waren, wusste Audrey nicht. Mehr als ein Nachthemd hatte sie allerdings bei ihrer Entführung auch nicht am Körper getragen.

Sie fuhren mit einem Taxi zum nördlichen Teil des *Central Parks*, wo sie dann ausstiegen, um kurze Zeit später in ein anderes Taxi umzusteigen. Catherine vermutete, dass einer von Coles Lakaien am Steuer des ersten Fahrzeugs gesessen hatte und später über den Zielort Bericht erstatten würde. Mit einem neu herbei gerufenen Taxi fuhren sie wieder in Richtung südliches Manhattan, wo die Wolkenkratzer, die zu den wohl bekanntesten Markenzeichen Manhattans gehörten, nicht zu übersehen waren. Obwohl die Riesenmetropole eigentlich niemals richtig zur Ruhe kam, waren die Straßen zu dieser späten Stunde erstaunlicherweise leer. Die Straßenbeleuchtung und einige Neonreklamen erhellten die Nacht. Eine Hitzewelle hatte New York seit einigen Tagen mit ihrer ganzen Wucht getroffen und behielt die Stadt fest im Griff. Selbst um vier Uhr nachts fiel das Thermometer nicht unter siebenundzwanzig Grad Celsius. Vampire liebten eher die Kälte, so dass Catherine etwas träge zu sein schien und nicht so voller Energie sprühte, wie dies normalerweise in kühleren Nächten der Fall war.

Sie stiegen in der *Nassau Street* aus, die sich in der Nähe der weltberühmten *Wall Street* im New Yorker Finanzdistrikt befand. Dort wohnte ein Vampir, der Catherine und Audrey für die nächsten Tage Unterschlupf gewähren würde. Sie wurden von einer schlanken Gestalt mit dunkelbraunen Haaren, die mindestens zwei Meter maß und ein breites Grinsen im Gesicht trug, begrüßt: „Hallo Catherine, hallo Blondchen."

„Hallo Juan, schön dich endlich mal wieder zu sehen. Es ist viel zu lange her, seitdem wir uns getroffen haben", erwiderte Catherine. „Danke, dass wir ein paar Tage bei dir Unterschlupf finden können."

„Kein Problem, Schwesterchen. Bleibt so lange ihr wollt. Ich habe genügend Platz."

„Ihr seid Geschwister?", erkundigte sich Audrey überrascht und schaute sich Juan daraufhin genauer an. Er hatte sehr markante Gesichtszüge und sein kantiges Kinn zierte ein Dreitagebart. Er wirkte auf eine raue, wilde Art gutaussehend. Er trug schwarze Jeans und ein New York Yankees T-Shirt. Waren denn Vampire große Sportfans, fragte sich Audrey erstaunt. Oder warum trug er ein Shirt des berühmten Footballteams?

„Sangus hat uns beide geschaffen. Allerdings ist Catherine hundert Jahre älter als ich, so dass wir erst seit rund vierhundert Jahren „Geschwister" sind. Sie ist also meine große Schwester, wie du sicherlich schon vermutet hast. Ich sehe ja auch viel jünger und besser aus", antwortete Juan amüsiert. „Was macht eigentlich Johnny? Ich habe schon eine ganze Weile nichts mehr von unserem kleinen Bruder gehört."

„Er war die letzten Monate in London zu Besuch. Allerdings hat er meine großartige Stadt nun wohl auf unbestimmte Zeit verlassen. Ich kann dir leider nicht sagen, wo er sich momentan aufhält. Aber er lässt es sich ganz bestimmt gutgehen", berichtete Catherine. Johnny hatte eigentlich in Schottland zwei Frauen für sie töten sollen. Aber er versagte kläglich und hatte die Frauen am Leben gelassen. Er verabscheute es zutiefst, wehrlose junge Frauen umzubringen. In den Augen von Catherine war er ein richtiges Weichei, zumindest für einen Vampir, dem es eigentlich im Blute liegen sollte, Menschen auszusaugen. Johnny besaß eher die Emotionen und ethischen Grundsätze von einem Sterblichen und tötete oder verletzte nur, wenn ihm selbst Gefahr drohte. Nun war Johnny auf der Flucht. Denn er fürchtete den Zorn Catherines. Und das nicht ganz zu Unrecht. Dies erzählte sie Juan allerdings nicht. Er verstand sich mit Johnny prächtig, obwohl sie doch so verschieden waren. Juan versuchte zu der gesamten Blutlinie von Sangus Kontakt zu halten. Er war so eine Art Familienvampir, wenn so etwas bei Vampiren überhaupt existierte. Er würde alles für seine Brüder und Schwestern tun. So gefährlich und blutig es auch sein möge. Darauf würde zukünftig auch Catherine setzen. Juan holte zwei große Gläser mit synthetischem Blut, welches er in der Mikrowelle leicht erwärmt hatte, und reichte Catherine ein Glas mit der roten Flüssigkeit. Bevor er sich selbst einen mächtigen Schluck genehmigte und anschließend zufrieden grunzte. Audrey begab sich daraufhin in die Küche, um sich ein Glas Wasser zu besorgen und den Vampiren die Möglichkeit zu geben, allein zu sein und sich auszutauschen. Außerdem wollte sie nicht unbedingt zuschauen müssen, wie sich die beiden Vampire die rote Flüssigkeit reinschütteten, auch wenn es diesmal kein Menschenblut zu sein schien.

„Die Sonne geht bald auf. Wir sollten uns in den Keller begeben. Ich habe für dich einen Sarg herrichten lassen. Ich hoffe, er genügt deinen hohen Ansprüchen, Schwesterchen. Ist das allerneueste Modell. Habe ihn gestern bereits selbst ausprobiert und ich war total begeistert", sprach Juan. „Können wir die Blondine guten Gewissens allein in der Wohnung lassen? Sie sieht ziemlich mitgenommen und ängstlich aus. Warum hast du sie denn überhaupt nach New York gebracht?"

Catherine leckte genüsslich den letzten Tropfen des synthetischen Blutes von ihrer Oberlippe und stellte das leere Glas auf den Couchtisch. „Danke nochmals für deine ausgiebige Gastfreundschaft. Das synthetische Zeug schmeckt deutlich besser als das Gesöff, was uns in London zur Verfügung steht. Natürlich kein wirklicher Ersatz zu frischem Menschenblut, aber ich kann verstehen, dass ihr hier weniger auf Menschenjagd geht, wenn ihr euch mit dem schmackhaften synthetischen Blut zuschütten könnt. Audrey wird sicher fast den ganzen Tag schlafen. Sie ist sehr erschöpft und leidet garantiert noch unter dem Jetlag. Ich werde ihr noch kurz darüber Bescheid geben, dass wir uns bis zum Sonnenuntergang in die Kellerräume zurückziehen. Morgen habe ich eine äußerst delikate Aufgabe für dich. Ich hoffe, du kannst mir bei einer extrem wichtigen Sache helfen."

Juan grinste nur. Wenn Catherine von einer delikaten Aufgabe sprach, wäre dies sicher mit einer gehörigen Portion Spaß und Spannung verbunden. Vielleicht würde es sogar ein bisschen blutig werden. Etwas Action könnte nicht schaden, sonst rostete er noch ein. Ihm blieb allerdings auch nicht verborgen, dass Catherine die Fragen bezüglich der Sterblichen unbeantwortet ließ. Normalerweise vermied sie auch engeren Kontakt zu Menschen in der Öffentlichkeit. Daher wunderte er sich schon ein bisschen, warum sie eine Sterbliche nach New York eingeflogen haben sollte. Noch wusste er nichts von Audreys Entführung aus London. Dies würde ihm Catherine erst noch erzählen müssen.

Juans Schwester bewegte sich in die Küche zu einer weiterhin sehr verstört drein blickenden Audrey. „Juan und ich begeben uns jetzt bis zum Sonnenuntergang in die Kellerräume. Brauchst du noch etwas oder kommst du die nächsten Stunden allein zurecht?"

„Ich werde erst mal versuchen zu schlafen und danach werde ich mich hoffentlich etwas besser erinnern können, was in den letzten sechsunddreißig Stunden mit mir passiert ist. Bin ich denn wirklich in Sicherheit, wenn du nicht bei mir bist?" Audrey wirkte wieder etwas ängstlicher. Die Aussicht den ganzen Tag allein in einer fremden Wohnung, noch dazu in einer völlig unbekannten Umgebung zu bleiben, verhieß ihr nichts Gutes.

„Keine Angst. Tagsüber wird dich niemand von den anderen New Yorker Vampiren behelligen. Und nach Sonnenuntergang sind Juan und ich ja wieder bei dir. Erhole dich zuerst von dem Schock und dann sehen wir weiter. Am besten wäre es ohnehin, wenn du so schnell wie möglich wieder nach London zurück fliegst. Ich stelle dir dann dort zwei meiner treuesten Untertanen als Leibwächter zur Seite. Zumindest solange, bis wir wissen, wer dich entführt hat und ob du weiter in ernster Gefahr schwebst."

„Ich wusste gar nicht, dass du überall auf der Welt Geschwister zu haben scheinst", wechselte Audrey das Thema. „Aber Juan scheint ein netter und charmanter Bursche zu sein. Zumindest für einen Vampir."

„Na ja, Sangus hat in den letzten achthundert Jahren eine ganze Reihe von Vampiren erschaffen. So wie es aussieht, scheint er hinter der Entführung zu stecken. Aber ihm muss noch jemand geholfen haben. Und die Verantwortlichen werden wir finden und zur Rechenschaft ziehen. Niemand, auch kein Vampir darf dir wehtun. Während ich mich um deine Entführer kümmere, wird Juan mir hoffentlich helfen, den Thron zu besteigen. Wir sprechen morgen weiter." Catherine verabschiedete sich von Audrey mit einem zärtlichen Kuss und begab sich dann zu ihrem jüngeren Bruder in den Keller.

Die junge Polizistin verschloss anschließend die Wohnungstür und legte die Sicherungskette davor. Noch niemals zuvor hatte sie unter solchen Ängsten gelitten. In der Ausübung ihres Jobs als Detective der Londoner Mordkommission waren ihr zwar schon mehrmals Kugeln um die Ohren geflogen, aber im Vergleich zum Kampf mit Vampiren waren das ja eher Peanuts gewesen. Sie beherrschte einige Kampfsportarten außerordentlich gut und konnte sich somit in der Regel gegen menschliche Angreifer erfolgreich zur Wehr setzen. Aber gegen Vampire würde sie damit voraussichtlich wenig ausrichten können. Diese waren ihr körperlich viel zu stark überlegen. Sie musste unbedingt von Catherine erfahren, welche Möglichkeiten der Verteidigung gegen Vampire existierten. Eine Kugel in den Kopf würde wohl kaum reichen. Aber erst einmal begab sie sich in das Gästezimmer, zog das T-Shirt und die Jeans aus und legte sich ins Bett. Die Fenster waren gegen Licht von Außen geschützt, so dass sie sofort von totaler Finsternis umgeben war, nachdem sie die Nachttischlampe ausgeschaltet hatte. Bereits wenige Augenblicke später schlief sie ein, allerdings hielt der Schlaf leider nicht sehr lange vor. Schweißgebadet erwachte sie aus ihren wilden Träumen und atmete schwer. Eine starke Übelkeit überfiel sie, die durch eine Nervosität hervorgerufen wurde, die sie schlagartig übermannte, nachdem sie aufgewacht war. Sie ging ins Bad und stellte sich so lange unter die Dusche, bis sich ihr Magen beruhigte. Sie dachte an Coles Augen, die neben Stärke auch so viel Dunkelheit und Brutalität ausstrahlten. Sie dachte an den Tod. Und plötzlich erinnerte sie sich an seinen wahnsinnigen und geilen Blick, als er brutal in sie hineingestoßen und sie vergewaltigt hatte. Audrey wusste nur nicht, ob die Erinnerungen dem Albtraum entsprungen oder ob dies in der letzten Nacht wirklich passiert war. Ihr Bauch und ihr Geist sagten ihr zwar, dass die Erinnerungen real waren. Aber konnte sie sich darauf tatsächlich verlassen? Sollte sie Catherine überhaupt davon erzählen? Welche Auswirkungen würde dies haben? Würde Catherine versuchen, Cole dafür zur Rechenschaft zu ziehen? Könnte Catherine dem Muskelpaket Cole denn überhaupt Paroli bieten oder würde dieser Catherine in Stücke reißen? An ihrem Körper ließen sich glücklicherweise keine Spuren einer möglichen Vergewaltigung erkennen. Vielleicht hatte sie es tatsächlich nur geträumt. Oder man hatte ihr Vampirblut verabreicht, wodurch Verletzungen ja innerhalb kürzester Zeit heilten. Aber warum sollten die Vampire Spuren verwischen, fragte sie sich unsicher. Audrey würde sich ganz genau überlegen müssen, was sie ihrer Freundin berichten sollte. Davon könnte ihre gemeinsame Zukunft abhängen. Sie wollte kein Gemetzel heraufbeschwören, auch wenn es nur unter Vampiren wäre. Am besten würde es wohl sein, sie hielte sich mit Kommentaren bezüglich ihrer verwirrenden Gedanken gegenüber Catherine zurück. Sie dachte noch einige Minuten darüber nach, ehe sie eine tiefe Müdigkeit erneut übermannte und sie wieder in einen unruhigen Schlaf fiel. Diesmal träumte sie von Sangus, dem amtierenden *König der Finsternis*. Und es waren keine angenehmen, sondern äußerst blutige Träume, an die sie sich später aber nicht mehr erinnern würde.

Zwölf Stunden zuvor stieg Vladimir nahezu lautlos die Stufen der Treppe, die ins erste Obergeschoss führte, hinauf. Er hatte einen Polizisten, der im Erdgeschoss offensichtlich Wache hätte schieben sollen, getötet. Er erwartete dort Donna Miller und Mary Moore zu finden. Seine Intention war es, diese beiden Frauen zu töten. Diese Aufgabe hatte er von Catherine Drake erhalten. Vladimir, der selbst einen Vampir verkörperte und seit einiger Zeit in London sein Dasein fristete, war bei Catherine in Ungnade gefallen. Er nahm daher den Auftrag für einen Doppelmord ohne jegliches Zögern an, um damit einer empfindlichen Bestrafung entgehen zu können. Vladimir war von der *Princess of Darkness* nämlich erwischt worden, wie er mit dem Sterblichen Carl Decker Vampirblut unter dem vielsagenden Namen *Bloody C* verkaufte. Dies war den Vampiren aber strikt untersagt und wurde üblicherweise mit einer Enthauptung bestraft. Vampirblut brachte die meisten Menschen nicht nur auf eine andere Bewusstseinsebene und die sexuelle Potenz auf Hochtouren, sondern führte auch dazu, dass selbst schlimmste Verletzungen fast unmittelbar heilten. Zu den besten Kunden gehörten daher Boxer oder andere Kampfsportler, sowohl Amateure als auch eine Reihe von Profis. Einer seiner Kunden brachte es sogar zu einem Weltmeisterschaftskampf im Schwergewicht. Die Menschen verkrafteten aber nur geringe Dosen von *Bloody C.* Es gab mittlerweile die ersten Todesfälle, weil einige von den Junkies nicht genug von der Droge bekommen konnten und eine Überdosis nahmen. Vladimir war Catherine sehr dankbar gewesen, die Chance zu erhalten, sich einer harten Strafe zu entziehen und beabsichtigte seine wohl letzte Chance auch zu nutzen. Im ersten Obergeschoss angekommen bewegte er sich äußerst vorsichtig und geräuschlos auf dem Flur entlang und lauschte den Geräuschen aus den Zimmern, die sich auf beiden Seiten des Flures befanden. Er konnte aber weder menschliche Laute noch Gerüche identifizieren, die darauf hindeuteten, dass sich dort gerade Sterbliche aufhielten. Leicht beunruhigt öffnete Vladimir eine Tür nach der anderen und schaute in die Zimmer hinein. Er fand aber in keinem der Räume ein menschliches Wesen vor. Augenscheinlich waren die beiden Frauen aus dem Haus, welches sich in einem verschlafenen Vorort von Edinburgh befand, rechtzeitig weggeschafft worden. Vladimir ärgerte sich, den Polizisten nicht zumindest solange am Leben gelassen zu haben, bis er sicher gewesen sein konnte, wo sich der Aufenthaltsort der beiden Frauen befand. Sollte er die beiden Frauen nicht finden und anschließend töten können, würde Catherine nach ihrer Rückkehr aus New York keine Gnade walten lassen. Da konnte sich Vladimir ziemlich sicher sein. Weil der Sonnenaufgang in wenigen Momenten bevorstand, musste er die Suche nach den beiden Frauen bis zum nächsten Untergang der Sonne aufschieben. Tief enttäuscht begab er sich zum nahegelegenen Friedhof, wo er sich ein Plätzchen für die nächsten Stunden bis zum Anbruch der Nacht suchen würde.

In Schottland zeigte die Uhr mittlerweile zwölf Uhr mittags und Detective Bill Myers, der in den schottischen Highlands seinen Dienst bei der Polizei tat, erhielt einen überraschenden Anruf von seinen Kollegen aus Edinburgh. Ihm wurde mitgeteilt, dass ein Polizist, der Donna Miller und Mary Moore hätte schützen sollen, ermordet worden war. Von den beiden Frauen selbst fehlte offenbar noch jede Spur. Diese Mitteilung schockierte den Kriminalbeamten und er griff sofort zum Mobiltelefon, um sich mit Peter Miller – dem Ehemann von Donna – in Verbindung zu setzen.

„Peter Miller", hörte er die Person am anderen Ende der Leitung kurz angebunden sagen.

„Hallo Mr. Miller. Hier spricht Detective Myers. Ich habe eben von meinen Kollegen aus Edinburgh erfahren, dass sich ihre Frau und Mary Moore nicht mehr im sicheren Haus vor den Toren Edinburghs befinden. Haben Sie vielleicht eine Ahnung, wo die beiden stecken könnten?"

„Nicht direkt. Sie haben mich nur gestern kurz darüber informiert, dass sie sich einen anderen Zufluchtsort suchen würden, da bei ihnen das beängstigende Gefühl aufkam, beobachtet zu werden. Wollten mir aus Sicherheitsgründen aber nicht sagen, wohin sie fahren würden."

„Gott sei Dank. In das Haus wurde letzte Nacht tatsächlich eingebrochen und ein Polizist wurde zu allem Überfluss dabei getötet. Ich befürchtete schon, dass die beiden Frauen vielleicht entführt oder schlimmstenfalls sogar umgebracht worden wären."

„Verdammt. So kann es doch nicht weitergehen. Sie müssen endlich herausfinden, wer die Mordserie zu verantworten hat. Es muss doch irgendwelche Spuren geben, die zu den Tätern führen. Mittlerweile haben wir ja bereits mindestens fünf Todesopfer zu beklagen."

„Ganz genau. Aber wir sind da weiterhin auch auf Ihre tatkräftige Mithilfe angewiesen. Haben Sie nochmal gründlich überlegt, wer solch einen Hass auf Sie und Ihre Freunde haben könnte? Es muss doch jemand aus Ihrem näheren Umfeld dafür in Frage kommen. Und wie könnte das Mordmotiv aussehen?"

„Ich denke seit Tagen an fast nichts anderes mehr, aber ich komme zu keinem positiven Ergebnis", erwiderte Peter Miller total frustriert. „Aus meinem Bekanntenkreis kommt dafür einfach niemand in Frage. Da bin ich mir absolut sicher! Ich kenne doch keine Leute, die Menschenleben auslöschen."

Die Mordserie startete vor einigen Wochen in London, wo Catherine den Bruder von Peter Miller in dessen Wohnung bestialisch abgeschlachtet hatte. Nachdem ihr Club *Princess of Darkness* aufgrund einer SMS, die Jack Miller an seinen Bruder geschickt hatte, ins Fadenkreuz der Polizei geraten war, schmiedete Catherine grausame Rachepläne, um nicht nur die Familie Miller, sondern auch deren engsten Freunde auszulöschen. Ihr Club gehörte zu den wichtigsten Dingen in ihrem Leben. Sie wollte dort auf gar keinen Fall Ärger haben. Aber die verfluchten Miller-Brüder führten die Polizei direkt ins *PoD*. Dafür würden die gesamte Familie sowie ihr persönliches Umfeld büßen. Catherine war für ihre extrem starke Emotionalität bekannt. Dies führte regelmäßig zu furchtbaren Blutbädern unter den Menschen. Diesmal sollten eben die Millers die Leidtragenden sein. In Hope, einem verschlafenen Ort in den schottischen Highlands, hatte Catherine mit Ian Moore bereits den besten Freund von Peter sowie Ians Eltern getötet. Die nächsten beiden Personen auf Catherines Todesliste waren Peters Frau Donna und Ians Schwester Mary. Diese Aufgabe übertrug sie nach Johnnys kläglichem Versagen dem russischen Vampir Vladimir, da sie ja selbst in New York unterwegs und zu beschäftigt war, um ihre Rachegelüste ausleben zu können. Vladimir bereitete es ohnehin enorme Freude Menschen anzugreifen, ihr Blut zu trinken und letztendlich zu töten. Daher war Catherine davon überzeugt, dass die beiden Frauen in Schottland schon bald unter der Erde bzw. blutleer sein würden. Im Anschluss daran würde sie sich persönlich um den kleinen Sohn von Peter Miller kümmern.

Nur Audrey durfte von ihrem Rachefeldzug gegen die Millers auf keinen Fall etwas erfahren. Wenn die Polizistin erkannte, dass sie eine ganze Familie nur auf Basis einer einzigen versendeten SMS ausrotten würde, könnten sich Audreys Gefühle gegenüber Catherine ins Gegenteil verkehren. Im schlimmsten

Fall würde Audrey Catherine für wahnsinnig halten. Sie war Ermittlerin bei der Mordkommission und somit bestand ihre vorrangige Aufgabe schließlich darin Todesfälle aufzuklären. Wie könnte da eine Beziehung zu einem Vampir, in dessen Natur das Töten lag, langfristig funktionieren, wenn dieser auch noch auf Rachefeldzüge ginge und seine Emotionen nicht im Griff hätte? Die Zukunft würde erweisen, ob Audreys Liebe zu Catherine genauso stark ausgeprägt war wie umgekehrt.

19. September

Vladimir besaß einige Adressen, die zu besonders guten Freunden der Millers in Edinburgh gehörten. Diese hatte er von Catherine erhalten. In dieser Nacht wollte der Vampir herausfinden, wo sich Donna und Mary derzeit aufhielten, damit er ihr vorgesehenes Schicksal endgültig besiegeln konnte. Zu diesem Zweck wendete er sich der ersten Person auf seiner Adressliste zu. Es handelte sich dabei um Olivia Brown. Sie wohnte allein in unmittelbarer Nähe zum Bahnhof *Haymarket* in einem ziemlich unscheinbaren und kleinen Einfamilienhaus. In dem existierten voraussichtlich auch keine nennenswerten Sicherheitsvorkehrungen. Daher sollte es eigentlich keine größeren Probleme geben, dachte Vladimir voller Vorfreude. Erst würde er Olivia den neuen Aufenthaltsort der beiden zu tötenden Frauen entlocken und danach würde er ihr Blut aussaugen und sie zu guter Letzt umbringen. Vielleicht ließ sich Catherines Auftrag sogar mit einem kleinen Blutrausch verbinden. In solchen Nächten liebte er es, ein Vampir sein zu dürfen.

Cole dachte über die letzte Nacht ausgiebig nach. Er konnte immer noch nicht begreifen, was eigentlich schief gelaufen war. Es fing alles so gut an. Die Londoner Polizistin, in die sich Catherine verliebt hatte, wurde von einem seiner Lakaien aus England entführt und zu ihm ins *Dark Mansion* gebracht. Catherines Liebesbeziehung zu einer Sterblichen wurde ihm von einem seiner Londoner Spitzel übermittelt. Diese Information war insbesondere für Sangus eine böse Überraschung gewesen. Bevor der König im Laufe des Abends im *Dark Mansion* aufgetaucht war, hatte Cole sich mit Audrey vergnügt, was in seiner Welt der Gewalt und des Terrors durchaus auch eine brutale Vergewaltigung beinhalten konnte. Die junge Polizistin war eine richtige Wildkatze gewesen und hatte sich richtig heftig gegen ihn gewehrt. So liebte er es und jeder wahrhaftige Vampir – wie Cole vermutete. Er hatte allerdings kein Blut von der Polizistin getrunken, denn dieses Privileg wollte er Sangus gönnerhaft überlassen. Vorsorglich hatte Cole die Gedanken der jungen Engländerin derart manipuliert, dass sie unter normalen Umständen keine Erinnerung an ihm haben würde. Außerdem hatte er ihr einige Tropfen Vampirblut gegeben, damit körperlich keine Spuren seiner ausgeübten Gewalt zu erkennen waren. Trotzdem war er nun etwas besorgt. Schließlich war sie immer noch am Leben und sie verkehrte mit Catherine, die natürlich mit allen Mitteln versuchen würde, die Erinnerung der Polizistin zurückzuholen. Er musste abwägen, welches Risiko größer war. Dass Audrey sich an die Entführung und Vergewaltigung erinnern und dies Catherine mitteilen oder dass er versuchen würde, sie töten zu lassen. Dies hätte eigentlich Sangus letzte Nacht erledigen sollen. Wo war dieser verdammte König der Finsternis, wenn man ihn mal dringend brauchte, fragte sich Cole seit gestern fast ununterbrochen. Selbst durch seine Überwachungskameras, die sowohl am Vorder- als auch am Hintereingang seiner Bar installiert worden waren, konnte bisher nicht ermittelt werden, wann und gegebenenfalls mit wem Sangus das Gebäude verlassen hatte. Irgendetwas stimmte hier ganz und gar nicht. Da war sich Cole ziemlich sicher. Selten war er so beunruhigt gewesen.

Seine Kontrahentin Catherine kannte er bis zur gestrigen Nacht nur aus etlichen Erzählungen und Videokonferenzen; war ihr vorher aber noch nicht von Angesicht zu Angesicht begegnet. Sie hatte bei ihm einen gewaltigen Eindruck von mentaler und physischer Stärke hinterlassen, wie kaum jemals ein Vampir zuvor. Dunkle Haare und braune Augen gepaart mit einer großen Portion Arroganz. Ihre Schönheit, ihr Stil und ihre Fähigkeit, alle in ihrer Nähe psychisch zu manipulieren und in ihren Bann zu schlagen, fügten sich zu einer unwiderstehlichen Kombination zusammen. Sie schien ein würdiger Gegner um die Thronfolge zu sein. Erstaunlich war gewesen, dass sie ein Schwert mit sich geführt hatte. Normalerweise benötigten Vampire keine Waffen, um sich im Notfall verteidigen zu können. Sie waren den Menschen körperlich um ein Vielfaches überlegen, nicht nur an Kraft, sondern auch an Geschwindigkeit, sowohl in körperlicher als auch in geistiger Hinsicht. Schwerter setzte in der heutigen Zeit eigentlich nur der König selbst gegen andere Vampire ein. Ansonsten gab es nur gelegentlich Wettkämpfe, in denen die Vampire sich mit den unterschiedlichsten Waffen duellieren konnten. Der Schwertkampf gehörte dabei zu den beliebtesten Wettkämpfen. Er selbst bevorzugte aber eher den

Messerkampf. Dabei konnte er seine Schnelligkeit und Beweglichkeit noch besser ausspielen.

Wie er aus vertraulichen Quellen erfuhr, hatte Sangus an Catherine bereits vor ihrer Umwandlung einen Narren gefressen. Ihre körperlichen Reize ließen sich auch kaum verbergen. Die schulterlangen schwarzen Haare passten sehr gut zu ihrem makellosen Gesicht. Getragen hatte sie letzte Nacht ein hautenges schwarzes Lederkostüm, über das sie noch einen langen dunklen Mantel geworfen hatte, um ihr Schwert zu verdecken. Er wunderte sich ein bisschen, dass sie eine sexuelle Beziehung zu der Londoner Polizistin haben sollte. Die Geschichten, die man sich in Vampirkreisen über Catherines ausgeprägten sexuellen Appetit erzählte, beinhalteten seines Wissens keine Frauen. Allerdings hatte ja auch Audrey eine gehörige Portion sexuelle Ausstrahlung aufzuweisen, zumindest für einen Menschen. Dies hatte er ja selbst letzte Nacht erleben dürfen, obwohl er in diesem Bereich von seiner Gefährtin Sally mehr als befriedigt wurde.

Die einzige Schwachstelle von Catherine schien aber tatsächlich die blonde Frau an ihrer Seite zu sein. Solange sie noch nicht in einen Vampir verwandelt war, konnten Untote ihr relativ einfach Schaden zufügen und sie vielleicht sogar umbringen. Für einen Mord an einem Menschen müssten die Täter auch keine größeren Repressalien von den Vampirautoritäten fürchten. Daher wunderte sich Cole, dass Catherine die Sterbliche noch nicht in einen Vampir verwandelt hatte. Denn dann hätte sie nur noch wenig zu befürchten. Eine der wichtigsten

Grundregeln besagte nämlich, dass ein Vampir niemals einen anderen Vampir töten darf. Nur der König besaß ein verbrieftes Recht dazu. Eventuell könnte Cole die Sterbliche als Druckmittel bei der bevorstehenden Wahl einsetzen. Denn sollte Sangus nicht selbst eine Entscheidung zwischen Cole und Catherine treffen wollen, müsste eine Abstimmung im Rat der Vampirliga stattfinden. Eine erneute Entführung, solange Catherine sich in New York aufhielte, dürfte ein Kinderspiel werden. Falls es ihm nicht vorher ohnehin schon gelang, die meisten der stimmberechtigten Ratsmitglieder auf seine Seite zu ziehen. Die nächsten Tage würden vermutlich noch richtig nervenaufreibend werden. Sowohl für ihn als auch für Catherine. Die Chance auf den Thron würde mutmaßlich für keinen von beiden ein zweites Mal bestehen. Er musste sie also diesmal nutzen.

Um Audrey etwas von den fürchterlichen Strapazen der letzten Tage abzulenken, stürzten sich Juan und Catherine zusammen mit der im Grunde sehr lebenslustigen Londoner Polizistin ins schillernde New Yorker Nachtleben. Catherine besorgte vorher noch die notwendige Abendgarderobe, denn in den nobleren Clubs existierte zumeist eine strikte Kleiderordnung. Mit normaler Straßenkleidung kam man da nicht rein. Die Club-Szene in New York war vielfältig und abwechslungsreich, das Party-Angebot schier unendlich. Juan lebte schon fast seit hundert Jahren im *Big Apple* und zählte sich natürlich zu den Insidern. Er führte sie zu den aktuellen Hot-Spots. Sie begannen die Nacht im „Wohnzimmer der

Stars", wie der *Shadow Club* am *Times Square* auch genannt wurde. Dort konnte man häufig einen Blick auf die VIPs und Stars werfen. Der Dance Club erstreckte sich über mehrere Stockwerke plus beheizten Dachgarten. Anschließend besuchten sie den sehr exklusiven Nightclub *Dragonara*, um dort mal so richtig abzutanzen. Im Safari-Ambiente wurde Funk, House und Rock gespielt. Den Abschluss ihrer kleinen Tour durch die Clubs bildete ein Besuch im *Havana*. In sechs Bars auf zwei Ebenen mit Partyzonen konnten dort bis zu dreitausend Nachtschwärmer abhängen und Spaß haben. Das Publikum war bunt gemischt, die Musik schwerpunktmäßig bei Rhythm and Blues, Soul und Hiphop angesiedelt. Sound und Stimmung waren hervorragend – derzeit sicher eine der absoluten Top-Adressen in Manhattan. Catherine bemerkte erleichtert, dass Audrey durch ihre Dance-Einlagen die deprimierende Stimmung offenbar fast gänzlich ad acta gelegt hatte und wieder voller Lebenslust zu sein schien. Der Ausflug ins New Yorker Nachtleben gestaltete sich somit äußerst erfolgreich. Catherine verabschiedete sich gegen vier Uhr morgens von ihrem Bruder und ihrer Freundin und zog allein weiter.

Juan fuhr Audrey in die *Nassau Street* zurück, während Catherine sich noch etwas flüssige Nahrung besorgte. Sie griff sich in einer der dunklen Nebenstraßen, in der keine Überwachungskameras installiert waren, wahllos einen jungen Obdachlosen. Der Tod würde für ihn wahrscheinlich fast eine

Erlösung bedeuten. Wer wollte schon ein armseliges Leben auf der Straße führen, dachte Catherine boshaft. Seine Blicke trafen Catherine und sein Körper erschlaffte fast sofort in Unterwerfung, nachdem er in die hypnotischen Augen des Vampirs gesehen hatte. Catherine streichelte über die Brust und Oberarme des Mannes und gab ihm einen Kuss auf den Mund, den dieser leidenschaftlich erwiderte. Sie rieb ihre Hüften gegen seine und lehnte sich etwas zurück, als ob sie ihm ihre Brüste anbieten wolle. Catherine spielte gerne mit ihren Opfern, bevor sie ihnen das Leben nahm. Das gab der ganzen Sache noch einen besonderen Reiz. Ihr Herz pochte wie verrückt, sie spürte den Herzschlag bis tief in die Fingerspitzen. Ihre Gier nach seinem Blut brachte sie fast um den Verstand. Langsam beugte sich die *Princess of Darkness* zu der linken Halsregion des Mannes hinunter und öffnete den Mund, damit sie ihre Fangzähne weit ausfahren konnte. Lustvoll beugte Catherine sich noch etwas weiter hinab und schlug ihre scharfen Zähne mühelos in die Haut des Opfers. Das Blut war herrlich warm, und sie trank gierig die kraftspendende rote Flüssigkeit. Der erste Schluck war – wie eigentlich immer – besonders köstlich. So köstlich, dass sie ihre Zähne kurz wieder aus dem jungen Mann herauszog, um sich mit der Zunge über die blutverschmierten Lippen zu lecken, während sie seinen roten Lebenssaft langsam in ihrer Kehle hinunterlaufen ließ. Der Obdachlose brachte noch ein Stöhnen hervor, halb aus Schmerz, halb Orgasmus. Der Körper zuckte wie wild; der Schock, hervorgerufen durch den hohen Blutverlust, so kurz vor dem Tod. Auf dem zuckenden rechten Arm war ein buntes Tattoo einer vollbusigen Frau, die einen grinsenden Bären umarmte, zu sehen. Das Zucken ließ das Tattoo fast wie einen grob animierten Zeichentrickfilm aussehen. Schließlich ließ Catherine zufrieden und gesättigt von ihrem Opfer ab und rieb noch einmal mit ihrem Zeigefinger die letzten Blutstropfen von den Bisswunden ab, um sich anschließend den Finger sauber zu lecken. Diese Momente der Blutzufuhr gehörten zu den wahren Höhepunkten ihres Vampirdaseins. Und sie gönnte sich diese Momente fast jede Nacht. Die Leiche schmiss sie in einen großen Müllcontainer, der unweit von ihr zu sehen war. Sie konnte fast sicher sein, dass die Leiche nicht schnell gefunden würde. Aber auch für diesen Fall brauchte sie sich keine allzu großen Sorgen machen. Sie befand sich schließlich in New York und nicht in ihrer Heimatstadt London. Dem einzigen, dem dies vielleicht Probleme bereiten könnte, wäre Cole. Aber wen interessierte das schon, reflektierte Catherine mit einem bösen Lächeln im Gesicht.

Kurz vor Sonnenaufgang lieferte einer von Coles Lakaien einen Brief ins *Dark Mansion* ab, wo sich das Oberhaupt der New Yorker Vampire in der Regel aufhielt, bevor er sich in einem seiner Särge, die er aus Sicherheitsüberlegungen fast über die ganze Stadt verstreut hatte, niederlegen würde. Cole öffnete den Briefumschlag und nahm eine handschriftlich beschriebene Seite heraus, die offensichtlich von Sangus stammte. Er las den Text voller Erstaunen und begab sich in den Keller unterhalb der Bar, wo er diese Nacht verbringen würde. Dort wartete bereits seine Gefährtin Sally auf ihn. Sie schmiegte sich in seine Arme und gab ihm einen langen Zungenkuss. Cole umfasste ihre Hüfte und hob sie in den Sarg. Die Zeit bis zum nächsten Sonnenuntergang würden sie gemeinsam in einem Sarg verbringen und in die Vampirwelt der Liebe eintauchen. Er konnte sich niemand anderen an seiner Seite als Sally vorstellen. Insbesondere für sie wollte er den Thron besteigen, damit sie stolz auf ihn sein konnte und als First Lady der Vampire ihrem eigenen Leben einen noch größeren Sinn verleihen konnte.

20. September

Vladimir begab sich in die Stadt Aberdeen, um dort endlich Catherines Auftrag in die Tat umzusetzen. In der vorherigen Nacht hatte er von Olivia Brown erfahren, wo sich Donna und Mary aufhielten. Die Frau aus Edinburgh war praktisch direkt bei seinem Anblick eingeknickt und wehrte sich so gut wie gar nicht, bevor sie die nötigen Informationen Preis gab. Daher tötete er sie kurz und schmerzlos. Für die Opfer dieser Nacht würde er sich etwas mehr Zeit nehmen, zumindest für die Frau von Peter Miller. Sie entsprach genau seinem Typ, ihr Blut würde ihm garantiert besonders gut schmecken. Er war sich auch ziemlich sicher, dass sie gehörigen Widerstand leisten würde, wie dies bei fast allen jungen Müttern der Fall war. Sie kämpften nicht nur um ihr eigenes Leben, sondern auch um das ihrer Kinder.

„Hallo, hier ist Catherine. Gibt es schon Neuigkeiten von Sangus?"

„In der Tat. Er hat mir und den anderen Ratsmitgliedern gestern einen Brief zukommen lassen. Du bist wahrscheinlich die einzige aus dem Rat, die das Schreiben noch nicht erhalten beziehungsweise gelesen hat. Darin beruft er eine Ratsversammlung für den 27. September ein, in der über seine Nachfolge entschieden werden soll. Sangus wird aber nicht daran teilnehmen, da er selbst keine Entscheidung zwischen uns beiden herbeiführen möchte und sich somit ab sofort vollkommen aus der Vampirliga zurückziehen will. Eigentlich sieht ihm das gar nicht ähnlich."

„Da stimme ich dir absolut zu, Cole. Ich bin mir ziemlich sicher gewesen, dass er mich als seine Nachfolgerin bestimmt. Er hat mich schließlich vor fünfhundert Jahren erschaffen und ich gehöre somit seiner starken Blutlinie an. Auch den größten Teil meiner Fähigkeiten habe ich von ihm erworben. Er war schließlich die ersten fünfzig Jahre meines Vampirdaseins sowohl Meister als auch Lehrer für mich. Wir haben uns erst letzte Woche in London getroffen, wo er Andeutungen von sich gab, dass ich mir den Thron langsam verdient hätte. Er versicherte mir ebenso, wie zufrieden er mit meiner Regentschaft in London wäre und das es dort noch niemals so wenige Probleme gab. Ich hoffe, du hast nichts mit dem plötzlichen Verschwinden meines verehrten Schöpfers zu tun, Cole. Immerhin war er vorgestern im *Dark Mansion,* und du warst einer der letzten, die ihn gesehen haben, bevor er sich anscheinend in Luft aufgelöst hat."

Catherine genoss es mit jeder Stunde ein bisschen mehr, alle anderen im Unklaren zu sehen. Nur sie wusste wirklich, was mit Sangus tatsächlich passiert war. Der Brief an die Ratsmitglieder war von ihr selbst formuliert worden und Juan hatte die Handschrift von Sangus fachmännisch gefälscht. Dies war eine von vielen besonderen Fähigkeiten, die ihren Bruder Juan auszeichneten, und von Catherine gelegentlich genutzt werden durften. Durch den Brief gewann sie erst einmal eine Woche Zeit, bevor die Ratsmitglieder zusammentreten würden. Bis dahin musste sie nur noch dafür sorgen, dass sie in der Abstimmung mehr Stimmen erhielt als Cole. Insgesamt gab es neben den beiden einzigen Thronkandidaten noch neun weitere Ratsmitglieder. Catherine musste also fünf Mitglieder überzeugen für sie zu stimmen, damit die absolute Mehrheit erreicht werden konnte. Das müsste doch eigentlich machbar sein, dachte die *Princess of Darkness*. Solch eine Chance käme nie wieder.

„Du spinnst wohl, Catherine. Wenn du falsche Gerüchte streust und andeutest, dass ich für das Verschwinden von Sangus verantwortlich bin, wirst du das bitter bereuen."

„Reg dich ab, Cole. Dein Ruf eilt dir ohnehin voraus, da brauche ich nicht zusätzlich Gerüchte streuen. Aber Sangus' Brief scheint dich ja zu entlasten. Also mach dir keine Sorgen. Er scheint ja aus freien Stücken untergetaucht zu sein. Wo soll denn die Ratsversammlung stattfinden?"

„Du wirst es nicht glauben, aber Sangus möchte, dass wir diese auf der kleinen Insel Malta südlich von Sizilien abhalten. Das kann doch nur ein schlechter Scherz sein. Im September ist es dort doch viel zu heiß und es gibt viel zu viele Sonnenstunden. Einen unangenehmeren Ort für Vampire hätte er sich kaum aussuchen können."

„Je wärmer, desto weniger aggressiv wird die Stimmung sein. Bei der Hitze sind wir ja alle etwas träge und auch längst nicht so gewaltbereit. Der Versammlungsort hat also durchaus sein Gutes. Ich melde mich morgen wieder bei dir."

„Blöde Schlampe", murmelte Cole nur, bevor er den Telefonhörer zur Seite legte. Catherine schien weniger überrascht zu sein, als er vermutet hätte. Der Vorwurf gegenüber ihm bezüglich seiner Beteiligung an Sangus' Verschwinden, war auch nur halbherzig vorgetragen. Irgendetwas stimmte mit Catherine nicht. Sie schien Informationen über Sangus zu besitzen, die er selbst nicht aufwies. Als er vor einigen Tagen Sangus von Catherines Beziehung zu der Londoner Polizistin erzählt und ihm diese als eine Art Bestechung serviert hatte, war er fast sicher gewesen, dass er den Thron in der Tasche hätte. Denn Sangus gönnte Catherine keinen Gefährten, ob dieser nun männlich oder weiblich wäre. Nach dem Verschwinden von Sangus stieg die Nervosität bei Cole von Minute zu Minute an. Er musste sich unbedingt mit seinen engen Vertrauten unter den Ratsmitgliedern treffen und mit ihnen eine Strategie ausarbeiten, die ihm zum Aufstieg verhalf. Sicher konnte er sich nur bei drei Stimmen, plus seiner eigenen sein. Zwei Ratsmitglieder wären also noch zu überzeugen. Unter einer Königin Catherine wollte er unter keinen Umständen dienen. Bevor dies passierte, würde er sie eher umbringen oder bei dem Versuch selbst sterben, überlegte er zerknirscht. Soweit wollte er es aber natürlich nicht kommen lassen.

Audrey hörte in der Küche, in der sie sich einen kleinen Happen zu Essen machte, ein paar Gesprächsfetzen des Telefonats zwischen den beiden Vampiren mit. Sie wurde aber nicht richtig schlau daraus. Sie verstand nicht, warum Sangus die Wahl seines Nachfolgers einer Ratsversammlung überlassen würde, ohne selbst Einfluss darauf zu nehmen. Wenn Catherine recht haben sollte und er war für ihre Entführung aus London verantwortlich, wie konnte er dann zulassen, dass Catherine zur Königin gewählt würde. Diese hätte dann das Recht andere Vampire zu bestrafen und auch Sangus wäre nach seinem eigenen Rücktritt den Entscheidungen Catherines verpflichtet. Und so wie sie ihre sehr temperamentvolle Freundin kannte, würde sie keine Gnade bei Sangus walten lassen, auch wenn er ihren Schöpfer verkörperte.

Audrey bewegte sich langsam aus der Küche ins Wohnzimmer, in dem Catherine es sich auf der großen schwarzen Ledercouch bequem gemacht hatte. Juan verabschiedete sich gerade ins New Yorker Nachtleben und verließ die Wohnung. Catherines Bruder hielt sich anscheinend lieber im Hintergrund und ermöglichte den beiden Londonern genügend Privatsphäre. Daher sagte Audrey: „Kann ich dich mal etwas fragen, Catherine?"

„Natürlich. Was möchtest du denn von mir wissen?"

„Wo ist Sangus? Du vermutest doch, dass er mich entführen ließ. Warum ist er dann nicht bei mir gewesen, als du im *Dark Mansion* eingetroffen bist? Er war doch garantiert dafür verantwortlich, dass ich blutverschmiert und nackt auf dem Altar lag. Wer sonst würde es wagen, deine Freundin so anzufassen?"

„Das kann ich dir leider nicht sagen. Die Gedanken von Sangus waren fast schon immer unergründlich für mich. Vielleicht hat er einfach nur Gewissensbisse bekommen und wollte mir nicht in dieser fatalen Situation gegenübertreten."

„Das glaubst du doch selbst nicht, oder?"

„Was soll ich sagen? Ich kann es dir nicht erklären. Wir sollten das Thema zu den Akten legen und uns einfach darüber freuen, dass dir nichts Schlimmeres passiert ist. Nur darauf kommt es schließlich an."

„Aber was ist, wenn er wieder auftaucht und das beenden will, was er mit mir vorgehabt hatte?"

„Das wird nicht passieren. Vertrau mir bitte, Schätzchen! Komm bitte zu mir auf die Couch! Ich möchte dich in meine Arme nehmen und deinen warmen Körper spüren."

„Hast du Juan von deinem Verdacht erzählt?"

„Nein, und ich bitte dich inständig darum, meinem Bruder und auch sonst niemanden etwas von einer möglichen Verwicklung von Sangus an deiner Entführung zu erzählen. Wir müssen erst ganz sicher sein. Einen noch amtierenden König sollte man nicht zu unrecht beschuldigen. Das würde an Verrat grenzen."

Catherine hasste es zwar Audrey zu belügen, aber ihr blieb keine andere Wahl. Niemand durfte erfahren, dass Sangus von ihr vernichtet worden war. Sollte diese Nachricht ein anderer Vampir erhalten, wäre ihr Schicksal besiegelt. Gegenüber einem *König der Finsternis* das Schwert zu erheben, war Hochverrat und würde unweigerlich ein Todesurteil nach sich ziehen. In der langen

Geschichte der Vampirliga war noch kein König gewaltsam vom Thron gestoßen worden. Juan würde es vielleicht verstehen, aber sie wollte ihren Bruder nicht unnötig in einen Gewissenskonflikt bringen. Er half ihr ohnehin schon genug.

Audrey schaute in Catherines hypnotische Augen und der Drang sie zu küssen wurde fast unerträglich. Sie hatte schon viele strahlende Augen gesehen, doch Catherines Augenpaar besaß etwas Mystisches, etwas Animalisches. Sie glühten in blutroter Farbe, wenn Catherine erregt war. Und dies war in diesem Augenblick offenbar der Fall. Zärtlich berührten sich ihre Lippen. Das Küssen war so erregend, die Hitze durchdrang Audreys Kleidung und die Berührungen der Hände zeigten, dass die Begierde stetig wuchs und sie noch viel mehr fühlen wollten. Catherine fuhr durch Audreys Haare – sie fühlten sich samtweich und zart an. Ohne langes Vorspiel öffnete Catherine Audreys BH, fuhr sanft unter ihren Bund und knetete ihren knackigen Hintern. Anschließend zog sie Audrey ganz auf sich und sie liebten sich leidenschaftlich. Dies war die letzte Nacht, die Audrey in New York verbringen würde. In diese Stadt, wo sie beinahe gestorben wäre, wollte sie niemals wieder zurückkehren. Aber zumindest an die letzten Stunden wären ihre Erinnerungen angenehmer Natur. Catherine war eine großartige Liebhaberin.

Gegen Mittag ließ Audrey sich von einem Taxi zum JFK-Flughafen fahren. Sie hatte vorher bereits online eingecheckt, so dass sie fast ohne Wartezeit zu ihrem Abfluggate gehen konnte, da sie nur Handgepäck mit sich führte. Der Flug würde knapp sieben Stunden dauern. Audrey gehörte zu den Personen, die bereits kurz nach dem Abflug dahin schlummerten, so dass sie einen großen Teil der Flugzeit gar nicht mitbekommen würde. Sie freute sich auf London und hoffte, in ihrer gewohnten Umgebung den Albtraum der letzten Tage hinter sich lassen zu können. So gut es eben ging.

Am frühen Abend fuhr ein schwarzer BMW zum Haus von Peter Miller und parkte in der Einfahrt zum Gebäude. Zwei in Zivil gekleidete Polizisten stiegen aus und gingen zur Eingangstür. Sie klingelten und warteten nur einen kurzen Augenblick. Dann öffnete sich bereits die Tür. Der Hausbesitzer schaute die beiden Männer erstaunt an und fragte: „Hallo, was kann ich für Sie tun, Gentlemen?"

„Entschuldigen Sie bitte die Störung, Sir. Wir kommen von der Edinburgher Kriminalpolizei. Können wir ein paar Minuten reinkommen?"

„Natürlich, bitte treten Sie ein."

„Wir haben von den Kollegen aus Aberdeen eine schreckliche Meldung erhalten. Sie betrifft leider Ihre Frau."

Peter schrak auf, als er hörte, dass es sich um Donna drehen würde. „Was ist passiert, gab es einen Unfall? Ist sie verletzt?"

Einer der Polizisten teilte ihm die Ermordung von Donna und deren Freundin Mary mit. Dieses schreckliche Verbrechen ereignete sich in der vergangenen Nacht. Dies war eindeutig zu viel für Peters angespannte Nerven. Er fiel völlig in sich zusammen und Tränen voller Trauer kullerten sein Gesicht herunter. Die letzten Wochen waren schlimm genug gewesen, aber jetzt war ihm auch noch der allerwichtigste Mensch in seinem Leben genommen worden. Womit hatte er dieses Unglück verdient, fragte er sich völlig niedergeschlagen.

„Sollen wir vielleicht jemanden für Sie anrufen, der Ihnen in dieser schweren Zeit beistehen kann, Sir? Wir können Ihnen auch einen Polizeipsychologen zur Seite stellen."

„Nei-i-i-n", stammelte ein bleich gewordener Peter Miller. „Hauen Sie bloß ab und lassen Sie mich in Ruhe. Ich will allein sein. Das ist doch alles allein die Schuld der Polizei. Ihr konntet meine Frau nicht beschützen. Und jetzt ist sie tot und der Killer läuft noch frei herum."

„Ok, Mr. Miller, tut uns ehrlich leid. Wir melden uns morgen wieder bei Ihnen." Den Angehörigen von Mordopfern den Tod geliebter Menschen mitzuteilen, gehörte eindeutig zu den schwierigsten Aufgaben eines Polizisten. Das wurde niemals einfacher, egal wie häufig man diese Nachricht überbringen musste.

In Aberdeen wurde eine abteilungsübergreifende Task Force eingerichtet, um die brutalen Morde an den beiden Frauen so schnell wie möglich aufklären zu können. Neben der Befragung der Nachbarn, bekam die Auswertung relevanter Verkehrskameras beziehungsweise Überwachungskameras privater

Institutionen eine sehr hohe Priorität zugewiesen. Überraschend schnell fanden die Ermittler eine höchst interessante Aufnahme. Auf einem der Überwachungsvideos erkannte man eine Person, die sich um einige Minuten nach vier Uhr morgens vom Grundstück, auf dem die beiden Frauen ermordet wurden, rasend schnell entfernte. Das Gesicht der mysteriösen Gestalt war hervorragend zu erkennen. Dies schien ein entscheidender Durchbruch in den Ermittlungen zu sein und das bereits wenige Stunden nach Einrichtung der Task Force, die sich selbst den morbiden Namen *Bloody Hell* gegeben hatte. Jetzt musste der Verdächtige nur noch durch das System laufen, gefunden und eingesackt werden. Das würde ein Kinderspiel, vermuteten die meisten Mitglieder der Task Force zuversichtlich. Ganz so einfach sollte es dann aber doch nicht werden!

21. September

Nachdem Vladimir die Rachepläne von Catherine erfolgreich und blutig umgesetzt hatte, reiste er wieder zurück nach London. Er hoffte mit der blutigen Tat seine Schulden bei Catherine endgültig beglichen zu haben, um sich wieder ganz seinem relativ langweiligen Vampirleben widmen zu können. Bei ihm hieß dies eigentlich nichts anderes als fast jede Nacht ins *PoD* zu spazieren und mit anderen Londoner Vampiren abzuhängen. Und zwei- bis dreimal pro Woche besorgte er sich Blut von jungen Frauen, um sich zu nähren. In den übrigen Nächten beschränkte er sich zumeist auf das synthetische Blut, welches im Club ausgeschenkt wurde. In London tötete er allerdings nur sehr selten seine Blutbeutel, wie er seine Opfer gerne nannte. Meist reichte die Manipulation der Gedanken aus, damit sich die Menschen nicht mehr an ihn erinnern konnten. Sie wunderten sich nur etwas darüber, warum sie kleine Bisswunden am Hals aufwiesen, sobald sie am nächsten Morgen in den Spiegel schauten. Ab und zu brachte er eine Prostituierte oder Obdachlose um. Deren Verschwinden oder Ableben interessierte in den meisten Fällen ohnehin niemanden. Er musste nur darauf achten, dass er bei seinen blutigen und mörderischen Taten nicht von Kameras aufgenommen wurde, die in London an fast jeder belebten Ecke zu finden waren. Er sehnte die guten alten Zeiten zurück, in denen man nicht dauernd gefilmt worden war. Smartphones mit eingebauten Kameras und das Internet machten es sogar noch schlimmer. Man hatte so gut wie keine Kontrolle mehr über die Privatsphäre. Es gestaltete das Leben für Vampire deutlich schwieriger. Gegen kompromittierende Fotos oder Videos konnte man nur ganz schlecht argumentieren. Es kam fast einem Wunder gleich, dass bisher keiner der Vampire beim Blutsaugen erwischt und an den Pranger gestellt worden war. Aber wie lange würde das noch so weitergehen? Es war eigentlich nur eine Frage der Zeit, bis die Menschen erkannten, dass unter ihnen blutsaugende Geschöpfe lebten. Man konnte schließlich nicht die Gedanken der gesamten Menschheit manipulieren.

Vladimir legte sich gerade hin, um neue Kraft zu tanken, als das Telefon klingelte. „Hallo", meldete er sich.

„Hier ist Catherine. Hast du den Job erledigt?"

„Ja, natürlich. Es gab nur eine winzige Komplikation. Die beiden Frauen hatten sich nach Aberdeen abgesetzt, aber ein Vögelchen zwitscherte mir, wo ich sie finden kann. Mittlerweile sind beide Zielpersonen tot und das Vögelchen auch."

„Vielen Dank, Vladi. Ich habe noch eine zusätzliche Aufgabe für dich und Dante. Ihr müsst in den nächsten Tagen eine gute Freundin von mir beschützen. Sie ist ein Mensch und eventuell in großer Gefahr. Also seid bitte vorsichtig. Du kennst sie vielleicht. Sie heißt Audrey und war schon mehrmals zusammen mit mir im *PoD*. Sie wird in der folgenden Nacht wieder im Club sein. Ich schicke dir sicherheitshalber noch ein Foto von der

Sterblichen auf dein Smartphone. Nehmt dann bitte Kontakt zu ihr auf und passt die nächsten acht bis zehn Tage lang auf sie auf. Danach sind wir endgültig quitt und ich werde hoffentlich zurück in London sein und mich selbst um sie kümmern können."

„Geht klar. Wie läuft es denn in New York? Hat sich Sangus endlich für dich entschieden?"

„Nein, leider noch nicht. Nächste Woche tritt aber der Rat zusammen, um eine Entscheidung zu fällen. Es läuft auf eine Kampfabstimmung zwischen mir und Cole hinaus. Der Ausgang der Wahl dürfte knapp werden."

„Warum das denn? Ich dachte, Sangus trifft die Entscheidung über seine Nachfolge persönlich und die Thronfolge wäre so gut wie gelaufen für dich. Er hat dich doch selbst erschaffen und kennt deine Fähigkeiten am besten. Dir kann Cole doch niemals das Wasser reichen."

„Frag mich nicht. Sangus hat sich ab sofort völlig überraschend aus der Vampirliga zurückgezogen und überlässt tatsächlich die finale Nachfolgeregelung der Ratsversammlung."

Catherine fürchtete langsam, dass ihre dreiste Lüge bezüglich Sangus' traurigem Schicksal vielleicht doch irgendwann unglaubwürdig erscheinen könnte. Aber es gab keine wirkliche Alternative zu ihrer Lüge. Die Wahrheit über Sangus' Verschwinden würde sie wahrscheinlich bis in alle Ewigkeit mit sich allein herumtragen müssen.

„Hast du vielleicht irgendwelche Informationen über Cole, die mir nützlich sein könnten?"

„Ich höre mich mal um, Catherine."

„Gut, ich melde mich in den nächsten Tagen wieder. Und grüß Carl von mir. Bis dann", verabschiedete sich Catherine. Sie hoffte keinen tödlichen Fehler zu begehen, Audreys Schutz in Vladimirs Hände zu legen. Aber noch stand Vladimir tief in ihrer Schuld und das sollte eigentlich Motivation genug für ihn sein, Audrey am Leben zu halten. Zumindest solange, bis die Entscheidung über die Thronfolge endlich getroffen war. Sollte sie Königin werden, würde sie Vladimir eine gehobene Position anbieten müssen. Er hatte erstaunlich viele Freunde unter den Vampiren und könnte Catherine dann den Rücken frei halten, falls es doch mal ernsthafte Probleme gäbe. Außerdem war er gefürchtet.

Gegen Mittag hörte Peter Miller es an der Haustür klingeln. Seitdem ihm mitgeteilt worden war, dass seine Frau und ihre beste Freundin getötet worden waren, konnte er noch keinen klaren Gedanken fassen. Er hatte praktisch seinen ganzen Vorrat an alkoholischen Getränken zu sich genommen. Er schwankte angetrunken zur Haustür und begrüßte den Polizisten, der vor der Tür stand, mit einem gelallten „Wa-a-s wollen Sie denn schon wieder von mi-i-ir?"

„Es tut mir sehr leid, Mr. Miller. Aber wir haben Aufnahmen einer Überwachungskamera von den Aberdeener Kollegen erhalten, die einen potenziellen Täter zeigen. Schauen Sie sich bitte mal dieses Foto an. Vielleicht erkennen Sie den Verdächtigen."

„Wenn es denn sein muss. Sie bekommen ja allein doch nix auf die Reihe", erwiderte der alkoholisierte Peter. „Schaden kann es ja nicht, wenn ich einen Blick drauf werfe."

„Danke, Mr. Miller. Das wäre uns eine große Hilfe. Selbst mit der Gesichtserkennungssoftware haben wir leider keinen positiven Match mit unserer landesweiten Datenbank erzielen können. Er scheint also nicht vorbestraft zu sein, zumindest nicht im Vereinigten Königreich."

„Dann zeigen Sie das Foto schon her. Je schneller Sie wieder weg sind, umso besser. Ich möchte jetzt allein sein und mich weiter besaufen."

Der Polizist zeigte Peter ein Bild von einer sehr mächtigen Gestalt, deren Gesicht von der Kamera hervorragend eingefangen worden war. Peter blickte auf das Foto und ihm wurde schnell bewusst, dass er diese Person schon einmal gesehen hatte. Aber wo, das war hier die entscheidende Frage und wer war dieser Bursche? Zum Polizisten sagte Peter nur: „Kann sein, dass ich ihn schon mal gesehen habe. Weiß aber nicht mehr, wo. Lassen Sie am besten das Bild hier und ich melde mich, sobald es mir wieder eingefallen ist."

„Danke, und nochmals Entschuldigung für die Störung", verabschiedete sich der Polizist, der sehr froh war, das Haus wieder verlassen zu können. Mit Betrunkenen sensibel umzugehen, war gar nicht so einfach.

Am frühen Nachmittag erhielt Inspector George Hunter von der Londoner Mordkommission einen

Anruf von Peter Miller, der nach einer großen Menge Kaffee wieder halbwegs klar denken konnte.

„Hier Hunter", meldete sich der Polizist gewohnt knapp.

„Hallo, Inspector. Hier spricht Peter Miller aus Edinburgh. Es hat schon wieder Tote gegeben. Diesmal hat es meine Frau Donna und unsere Freundin Mary getroffen."

„Oh, das tut mir schrecklich leid, Mr. Miller."

„Es ist furchtbar. Ich rufe aber nur deswegen an, weil ich einen Verdächtigen erkannt habe. Können Sie mir Ihre Emailadresse geben? Dann sende ich Ihnen sofort ein Foto des Verdächtigen. Ich habe es von Ihren Kollegen aus Schottland erhalten. Ich melde mich bei Ihnen in London, da ich die Person dort gesehen habe, als ich die Leiche meines Bruders abgeholt habe."

„Sind Sie da absolut sicher? Wo haben Sie ihn denn getroffen?"

„Ich habe die Bestie im *Princess of Darkness* gesehen. Den Nightclub, den Jack in seiner SMS erwähnt hatte."

„Ok, schicken Sie mir bitte das Foto rüber. Mit welchen Kollegen aus Schottland haben Sie denn gesprochen?"

Peter Miller gab dem Inspector die Namen der Polizisten aus Edinburgh. Daraufhin sendete er das Überwachungsfoto an Hunter und sie beendeten das Telefonat.

Kurze Zeit später überprüfte der Inspector seinen Emaileingang. Tatsächlich lag bereits eine neue Nachricht in seinem Posteingangsordner. Er öffnete diese und klickte auf den Anhang. Sofort öffnete sich eine Bilddatei. Das Herz von Hunter schlug um einiges schneller, als er das Foto betrachtete. Er kannte die Person. Er hatte sie ebenfalls im *PoD* gesehen und zwar zusammen mit seinem Squash-Kumpel Carl Decker. Verfluchter Mist, überlegte Hunter. Jetzt lag der Fall doch wieder bei ihm. Und ausgerechnet jetzt machte Audrey Weaver Urlaub. Er könnte ihre Hilfe gut gebrauchen. Ohne seine Partnerin ging beruflich nicht mehr viel bei ihm. Aber in drei Tagen würde sie ja zurück ins Büro kommen und ihn bei der Polizeiarbeit tatkräftig unterstützen können. Er hoffte inständig, dass sich der neue Mordfall nicht als Albtraum herausstellen würde. Aber dieser fromme Wunsch sollte sich nicht erfüllen. Ganz im Gegenteil, es sollte eher einem Horrortrip gleichen.

Hunter holte die relevanten Informationen von seinen schottischen Kollegen ein. Ganz besonders der ausführliche Obduktionsbericht bereitete ihm gehörige Kopfschmerzen. Darin wurde eine völlig rätselhafte Blutentnahme bei den Opfern angeführt. Die Blutentnahme schien bereits vor dem Tod der beiden jungen Frauen stattgefunden zu haben. Also vermutlich, nachdem die Todesopfer verprügelt und vergewaltigt worden waren. Und der drastische Blutverlust wäre dann wohl auch die eigentliche Todesursache. Wie der Täter jedoch das Blut abzapfte, blieb weiterhin unbekannt. Benutzte er eine Apparatur? Er hatte fast den gesamten roten Lebenssaft aus den Opfern entfernt. Und vermutlich nahm er es dann mit. Denn am Tatort fand die

Spurensicherung nicht den geringsten Hinweis auf dessen Verbleib. So ähnlich lag die Sachlage auch im Mordfall Jack Miller vor einigen Wochen. Könnte es sich um Ritualmorde handeln? Und was fing der Täter mit dem Blut der Opfer an? Vielleicht handelte es sich um einen schwarzen Zirkel oder um Satansanbeter? Bei dem Gedanken an diese brutalen ungelösten Verbrechen überkam Hunter ein eiskaltes Frösteln. Offensichtlich hatte man es bei dem Killer mit einem total kaltblütigen, präzise arbeitenden Psychopathen zu tun. Sie mussten alles daran setzen, diesen Wahnsinnigen so schnell wie möglich von der Straße zu holen. Es gab schon viel zu viele Opfer.

Nachdem George Hunter von seinen Kollegen aus Schottland auf den aktuellen Stand gebracht worden war, fuhr er nach Soho, wo der besagte Night Club seinen Standort hatte. Soho gehörte eigentlich zu den coolsten Vierteln für Nachtschwärmer. Da es aber noch früh am Abend war, rechnete er nicht damit, eine größere Anzahl an Gästen anzutreffen. Der Eigentümer Carl Decker verbrachte fast seine ganze Zeit dort. Ihn würde er hoffentlich erreichen können. Da seine Partnerin Audrey Weaver nicht verfügbar war, nahm er stattdessen einen Bereitschaftspolizisten ins *Princess of Darkness* mit. Für diesen könnte das eine nette Abwechslung zum Alltag werden. Im Club, in dem sich erwartungsgemäß nur eine gute Handvoll Leute aufhielten, sah er Carl Decker an der Theke mit einem Glas Wasser sitzen. Er begab sich zu ihm und schlug ihm kräftig auf die Schulter. Decker, sichtlich überrascht, drehte sich langsam um und begrüßte den Polizisten.

„Mensch, George, du bist ja schon wieder hier. Du entwickelst dich noch zu meinem besten Gast. Was möchtest du trinken? Eine Flasche *Carlsberg*?"

„Carl, ich bin leider im Dienst. Wir haben erneut einen Mordfall, der uns in deinen Club geführt hat."

„Um Gotteswillen. Wen hat es denn diesmal erwischt?"

„Du erinnerst dich vielleicht noch an Jack Miller, dessen Tod wir vor kurzem untersucht haben. In Schottland wurden nun seine Schwägerin und eine sehr gute Freundin von ihm umgebracht. Der mutmaßliche Täter wurde dabei zum Glück von einer Überwachungskamera aufgenommen. Deshalb bin ich hier."

„Du denkst doch nicht etwa, der Täter gehört zu meinen Gästen?"

„Nicht nur das. Er scheint ein Freund von dir zu sein."

„Waaaaaas? Dabei muss es sich doch um einen Irrtum handeln."

„Leider nicht, Carl. Bei meinem letzten Besuch habe ich dich zusammen mit ihm angeregt sprechen sehen. Schau dir bitte das Bild an und sag mir, wer das ist."

Decker musste nur einen kurzen Blick auf das Überwachungsfoto werfen, um darauf seinen früheren Geschäftspartner Vladimir zu erkennen. „Ich kenne ihn tatsächlich. Er heißt Vladimir und ist Stammgast in meinem Club."

„Wie lautet der Nachnahme von ihm und wo wohnt der Bursche? Oder weißt du vielleicht, wo er arbeitet?"

„Keine Ahnung, George. So gut kenne ich ihn dann doch nicht. Er gibt immer reichlich Trinkgeld an meine Bardamen und man kann sich nett mit ihm bei einem Drink unterhalten. Er ist ein fanatischer Chelsea-Anhänger, genau wie ich. Also haben wir uns hauptsächlich über Fußball unterhalten. Wir gingen auch schon mal Mittwochabends zusammen zu einem Champions League Spiel."

„Wann war er zuletzt hier?"

„Das dürfte schon einige Tage her sein."

„Na gut. Du rufst mich bitte sofort an, sobald er wieder auftaucht. Ansonsten wirst du wegen Behinderung der Justiz belangt und ich mache deinen Club dicht. Habe ich mich klar genug ausgedrückt, Carl?"

„Glasklar. Ich kann dir aber garantieren, dass Vladimir nichts mit den Morden zu tun hat. Das kann nicht sein. Meine Gäste sind doch keine Mörder."

„Warten wir es ab. Auf jeden Fall wurde er zur Tatzeit in Aberdeen am Tatort gesehen. Und auf seiner Kleidung und in seinem Gesicht war Blut zu erkennen. Ich bin sehr gespannt, wie er sich da rausreden will. Ich hoffe, du hast nichts damit zu tun."

„Mensch, George. Jetzt verdächtigst du mich auch noch. Langsam reicht es. Irgendwann hört der Spaß auf."

„Mit Spaß hat das nicht das Geringste zu tun. Wir sehen uns bald wieder, Carl", verabschiedete sich Hunter und verließ eilig das *PoD*. Für diesen Tag hatte er genug von seinem Job. Er wollte nur noch zu seiner Familie und von seiner Frau in den Arm genommen werden und dann eine Nummer mit ihr schieben. Dieser Psychopath, hinter dem er her war, raubte ihm fast jegliche Freude an seinem Beruf. Ohne den Support seiner Familie würde ihn der Job wahrscheinlich komplett fertigmachen. Einige seiner Kollegen, die nicht so glücklich verheiratet waren, saßen jeden Abend in Kneipen oder Bars, um nicht vollständig abzudrehen. Der Anteil an Alkoholikern dürfte in der Mordkommission überdurchschnittlich hoch sein, vermutete Hunter. Zum Glück gab es aber auch gelegentlich einfachere Fälle, bei denen Brutalität oder Wahnsinn nur eine untergeordnete Rolle spielten.

22. September

Kurz nach Mitternacht traf Vladimir im *Princess of Darkness* ein und sah sich dort nach Audrey um. Eine solch attraktive Blondine sollte er hoffentlich schnell erkennen können. Und tatsächlich entdeckte er sie an einem der hinteren Tische, wo sie sich mit einem Cocktail und ihrem Smartphone beschäftigte. Sie trug an diesem Abend eine schneeweiße Bluse, einen schwarzen Lederminirock und dazu passende Stiefel. Zusammen mit ihren langen blonden Haaren sah sie zum Anbeißen aus. Er musste sich in dieser Nacht besonders zurückhalten, ging ihm durch den Kopf. Er hatte nämlich eine besondere Schwäche für Blondinen und natürlich auch schon von der einen oder der anderen etwas Blut getrunken. Aber diese wunderschöne blonde Frau gehörte zu Catherines engsten Freunden und er sollte sie die nächsten Tage beschützen. Und dies gedachte er auch zu tun. Er setzte sich in Bewegung zu ihrem Tisch und machte sich dort bemerkbar. „Catherine schickt mich. Ich soll auf dich aufpassen, Sweetheart!"

Audrey schaute kurz von ihrem erst halb geleerten Cocktailglas hoch und war keinesfalls begeistert, als sie in das Gesicht von Vladimir blickte. Sie hatte ihn hier schon etliche Male gesehen, meist in Begleitung junger, nuttig bekleideter Frauen. Wahrscheinlich menschlichen Ursprungs, dachte sie. Hoffentlich ließ er sie in Ruhe und machte sie nicht an. Darauf könnte sie getrost verzichten. Hatte Catherine denn keine anderen Vampire, die sie zu ihrem Schutz einsetzen könnte. Leicht frustriert bot sie Vladimir den Platz ihr gegenüber an.

„Wer ist denn hinter dir her?", fragte dieser.

„Das weiß ich doch nicht, wohl irgendwelche Blutsauger", kam aus Audreys Mund. Sie bereute die Worte bereits unmittelbar, nachdem sie aus ihr herausgesprudelt waren. Catherine hatte ihr mehr oder weniger strikt verboten, in Gegenwart anderer darüber zu spekulieren, wem ihre Entführung nach New York zuzurechnen war.

Doch der Vampir grinste nur. Er schien sich gut unter Kontrolle zu haben, und er hatte sicher schon wesentlich schlimmere Bezeichnungen für Vampire gehört. „Catherine wird schon ihre Gründe dafür haben, dich beobachten zu lassen. Ich werde dich allerdings nur nachts im Auge behalten können", erklärte er. „Tagsüber musst du auf dich selbst aufpassen." Wieder dieses schelmische Lächeln des Vampirs.

Das ging Audrey bereits nach wenigen Minuten gehörig auf die Nerven. Sie war doch kein Kleinkind, welches man vor fremden Leuten warnen musste. Gegenüber Menschen konnte sich Audrey jederzeit verteidigen. Aber vielleicht wusste der Vampir ja noch nicht, dass er es mit einer Polizistin zu tun hatte, die sowohl eine gute Pistolenschützin als auch eine ganz hervorragend ausgebildete Nahkämpferin war. Sie hatte früher sogar einige Preise gewonnen und war in jungen Jahren beispielsweise die beste Schützin ihres Ausbildungsjahrgangs gewesen. Dies wollte Catherine sicher nicht an die große Glocke hängen und hatte Vladimir offensichtlich nichts davon erzählt.

Plötzlich sah Vladimir Carl Decker einige Tische entfernt vehement winken. Daher verabschiedete er sich vorerst von Audrey und begab sich zum Clubbesitzer. „Was ist denn los, Carl? Hast du den Verlust unseres gemeinsamen Geschäfts noch nicht verkraftet und weinst deinen entgangenen Gewinnen nach?"

„Darum geht es heute mal nicht. Wir haben noch viel größeren Ärger an der Backe. Und zwar wir beide."

„Komm endlich zur Sache."

„Ich sage dir gleich: Das wird dir nicht gefallen. Heute waren Leute von der Mordkommission hier. Und du stehst bei denen ganz oben auf der Liste der Verdächtigen in einem Mordfall."

Völlig verständnislos blickte Vladimir Carl an, als ob dieser einen dummen Scherz von sich gegeben hätte. „Wen soll ich denn getötet haben, mein lieber Freund?"

„Irgendwelche Frauen in Schottland. Mir wurden Überwachungsbilder gezeigt, auf denen du klar zu erkennen warst."

„Verdammter Mist. Das kann doch nicht wahr sein. Wie kommt denn die Londoner Polizei an diese Bilder?"

„Das weiß ich nicht, aber auf jeden Fall kannst du nicht mehr in den Club kommen. Am besten du haust ganz aus London ab. Und zwar für immer."

„Das geht nicht. Ich habe einen Auftrag für Catherine zu erledigen. Das lässt sich leider nicht aufschieben."

„Hauptsache, du hältst dich ab sofort vom *PoD* fern, sonst muss ich die Polizei informieren. Die werden bestimmt regelmäßig Leute vorbei schicken. Das Risiko kann ich nicht eingehen. Mir wurde explizit von den Bullen gedroht, dass ich meinen Club verliere und in den Knast wandere, wenn ich nicht Bescheid gebe, sobald du im *PoD* wieder auftauchst. Und du weißt ja, dass der Club eigentlich Catherine gehört. Stell dir mal vor, die Polizei schließt das *PoD*. Dann würde Catherine ausrasten. Und dann möchte ich nicht in deiner Haut stecken."

„Du Weichei. Aber ist schon in Ordnung. Ich muss nur kurz der Blondine Bescheid geben, dass wir den Club verlassen müssen. Mich siehst du hier nicht so schnell wieder, Carl. Ehe ich es vergesse: Ich soll dich von Catherine grüßen. Sie wird bald wieder hier sein und sich bei dir melden." Vladimir beließ es bei dem knappen Kommentar. Catherine würde Carl in den Boden stampfen, wenn sie wieder nach London kommen würde. Den Verkauf von Vampirblut konnte sie bei einem Menschen nicht durchgehen lassen.

Carl sah dem Vampir hinterher, als er sich zu Audrey begab und wunderte sich ein bisschen darüber, warum dieser mit Catherines Freundin friedlich an einem Tisch saß. Aber das ging ihn nichts an. Er war froh, wenn Vladimir den Club zukünftig mied. Dann hatte er hoffentlich wieder seine Ruhe vor der Polizei. Schlimm genug, dass er aus dem Geschäft mit *Bloody C* rausgedrängt worden war. Nun gab es allerdings auch keinen Grund mehr, sich mit Vladimir und Konsorten abzugeben. Das war das einzig Positive an der Sache. Aber seine Gewinne, die er früher durch den Verkauf des Vampirbluts einfahren konnte, fehlten ihm schon erheblich. Seine Zeit sich zur Ruhe zu setzen, war somit noch nicht gekommen. Er bräuchte noch beträchtliche Summen, um seinen Lebensabend stilvoll genießen zu können.

„Wir müssen den Club schnellstmöglich verlassen, Prinzessin. Wir sind hier nicht sicher", wies Vladimir Audrey zurecht.

„Warum das denn?", bemerkte Audrey sichtlich genervt. Sie hatte noch nicht einen ganzen Cocktail getrunken und wollte sich aber in dieser Nacht mal so richtig die Kante geben.

„Es geht nicht anders. Wir müssen die Lokalität wechseln. In London gibt es ja zum Glück genügend Schuppen, wo du etwas trinken kannst. Also stell dich bitte nicht so an."

„Na gut. Catherine meinte schon, dass es mit dir als Beschützer nicht ganz einfach werden würde. Aber ich soll dir vertrauen."

Vladimir schien erstaunt, dass Catherine der Sterblichen von seiner Vertrauenswürdigkeit erzählt hätte. Denn eigentlich standen sie sich nicht wirklich nahe. Nur, weil er in Catherines Schuld stand, war er überhaupt als Leibwächter für die Frau erwählt worden. Er durfte sich keinen weiteren Schnitzer erlauben. Aber das musste er der Blondine ja nicht auf die Nase binden. Stattdessen sagte er nur: „Wir sollten zuerst deine Wohnung überprüfen. Solange wir nicht wissen, wer es auf dich abgesehen hat, dürfen wir kein Risiko eingehen. Vielleicht haben die Vampire ja menschliche Unterstützer. Dann wird es etwas schwieriger sein, dich am Leben zu halten, da diese auch tagsüber aktiv werden könnten."

„Vampire lassen sich von Menschen helfen?" Audrey wirkte überrascht.

„Nur wenn es nicht anders geht. Aber ja, es kommt tatsächlich gelegentlich vor. Selbst ich habe schon Hilfe von Menschen in Anspruch genommen. Meist nahm dies allerdings kein gutes Ende. Für die Menschen versteht sich." Vladimir lächelte wieder. Mittlerweile empfand Audrey das Lächeln fast schon als verführerisch. Wollte der Vampir etwa mit ihr flirten? Oder bildete sie sich das nur ein?

„Und wie ist deine Beziehung zu Catherine, Vladi?"

„Sie ist das Oberhaupt der Londoner Vampire und wahrscheinlich bald die Königin aller Vampire. Das sagt doch eigentlich bereits alles über unsere Beziehung aus. Ich bin ihr ergebener Untertan." Vladimir wollte so wenig wie möglich von sich preisgeben. Augenscheinlich war die Beziehung zwischen der blonden Frau und Catherine enger, als er es tatsächlich für möglich gehalten hatte. Von daher mied er jedes negative Wort in Bezug auf Catherine. Im Innern sah es natürlich ein wenig anders aus. Aber insgesamt konnte er die *Princess of Darkness* ganz gut leiden. Sie war nicht so verkrampft wie eine ganze Reihe anderer Vampire, die in der Vampirliga eine gehobene Position innehatten. Sie lebte ihre Begierde ähnlich stark aus wie er selbst, so wie es sich für einen Vampir geziemte. Und sie gab ihm schließlich auch die faire Chance sich zu rehabilitieren.

„Erstmal gehen wir in den *Moonlightclub* etwas trinken. Ich brauche noch ein paar Cocktails, bevor wir zu meiner Wohnung fahren." Audrey graute davor ins Bett zu steigen und wieder von schlimmen Albträumen geplagt zu werden. Mit genügend Alkohol im Blut könnte sie dann hoffentlich besser schlafen. Im *Moonlightclub* war es – wie immer – brechend voll und dementsprechend war die Luft nicht die allerbeste. Außerdem war es extrem heiß in dem Raum. Daher knöpfte Audrey die obersten Knöpfe ihrer Bluse auf und Vladimir warf einen langen lüsternen Blick auf die wohlgeformten und festen Brüste, die nur von einem knappen roten BH umgeben waren. Der Vampir musste schließlich den Blick von Audrey abwenden, um nicht die Kontrolle zu verlieren. Er fühlte nämlich, dass seine Fangzähne ausfahren wollten. Würde das passieren, könnte er sich nicht mehr zurückhalten und würde die blonde Polizistin beißen. Dies musste er unter allen Umständen vermeiden. Denn das würde Catherine ihm auf keinen Fall verzeihen. Vladimir begab sich stattdessen zur Theke und bestellte für Audrey einen *Mai Tai*. Dann ging er zurück und drückte ihr das Getränk wortlos in die Hand. Er schaute sich im Club um, entdeckte aber keine weiteren Vampire. Diese Nacht sollte wohl nichts gefährliches mehr passieren.

Zwei Stunden und einige Cocktails später traf Audrey die Entscheidung nach Hause gehen zu wollen. Vladimir begleitete sie und überprüfte die Wohnung nach möglichen Gefahrenquellen. Er konnte aber nichts finden. Weder war eine Bombe installiert worden noch konnte er irgendwelche Abhörvorrichtungen entdecken. Die Wohnung war voll heller Farben. Audrey mochte Gelb, Creme, Korallenrot und Grün. Die Möbel waren modern, aber gemütlich gepolstert, und alles Holz war auf Hochglanz poliert. Die stark alkoholisierte Polizistin drückte ihrem Bodyguard noch einen schmatzenden Kuss auf den Mund, um ihn dann aus ihrer kleinen Wohnung hinauszuschieben. Sie schaffte es gerade noch ins Schlafzimmer, bevor sie auf dem Bett zusammenklappte. Der Alkohol und der Stress der letzten Tage waren zu viel des Guten gewesen. Außerdem war es sehr spät geworden.

Mittlerweile war es kurz vor Sonnenaufgang, so dass sich Vladimir in Richtung eigener Unterkunft aufmachte. Den Job als Leibwächter hatte er sich deutlich einfacher vorgestellt. Sollte Audrey auch in den nächsten Nächten weiter mit ihm flirten, ihre männermordenden Brüste so offen präsentieren und sich mit Alkohol zuschütten, würde bestimmt Blut fließen. Aber so langsam konnte er Catherine verstehen, warum diese eine Menge Zeit mit der Sterblichen verbrachte, ohne sie zu einem Vampir gemacht zu haben. Denn dies war ein eher ungewöhnliches Verhalten für einen Blutsauger. Er selbst verbrachte mit keinem Menschen, dem er Gefühle entgegen brachte, längere Zeit. Dies hatte hauptsächlich zwei Gründe. Zum einen müsste er sich als Vampir gegenüber einem Menschen outen, da es sich auf Dauer nicht verheimlichen ließ, ein Geschöpf der Nacht zu sein. Dies würde absolutes Vertrauen gegenüber dem Menschen bedeuten und dazu war Vladimir nicht mehr fähig. Dies ging wohl den meisten Vampiren so. Daher gab es auch kaum leidenschaftliche Beziehungen zwischen Vampiren und Menschen, die längere Zeit anhielten. Denn welche Frau würde akzeptieren, einen blutrünstigen Killer als Freund zu haben, der nur nachts sein Unwesen trieb. Und zweitens würde der fortlaufende Alterungsprozess bei den Menschen zwangsläufig dazu führen, dass die Beziehung für den Vampir nur temporär wäre. Vladimir feierte nächsten Monat seinen zweihundertsten Geburtstag. In dieser Zeit hatte er sehr, sehr viele Menschen sterben sehen. Nur einmal war Vladimir eine längere Beziehung zu einer jungen Frau eingegangen. Doch diese hatte ihn letztendlich verraten, bevor er sie zu einem Vampir machen konnte. Er war seinem Schicksal nur durch einen glücklichen Zufall entkommen. Dieses Risiko würde er nicht mehr eingehen. Von daher brach er jeden Kontakt zu Frauen ab, die ihm näher kommen wollten. Die letzte Nacht hatte allerdings längst vergessene intensive Gefühle bei ihm geweckt. Dieser verdammte Abschiedskuss! Er konnte ihn nicht vergessen, war er auch noch so kurz gewesen. Vladimir konnte Audrey immer noch auf seinen Lippen schmecken. Er fühlte sich aber nicht nur sexuell, sondern insbesondere auch emotional zu Audrey stark hingezogen. Das Alleinsein war der

Fluch des ewigen Lebens. Jemanden zu finden, mit dem man wirklich zusammen sein wollte und die Gefühle erwiderte, damit man ihn zum Vampir wandeln konnte, war schwieriger als alles andere. Aber die Polizistin gehörte ja ohnehin zu Catherine, was die Sache für ihn nicht gerade einfacher machte. Selbst wenn er Audrey für sich gewinnen konnte, würde dies Catherine niemals zulassen. Es erschien nahezu aussichtslos für Vladimir.

Cole traf sich mit einem der Ratsmitglieder im *Dark Mansion*. Es handelte sich dabei um das Oberhaupt der Chicagoer Vampire.

„Schön dich zu sehen, Demmus."

„War schon lange nicht mehr hier. Was ist denn mit unserem verehrten König Sangus passiert? Warum entscheidet er seine Nachfolge nicht selbst, Cole?"

„Ich verstehe es auch nicht. Ich habe einige Stunden vor seinem plötzlichen Verschwinden noch mit ihm gesprochen und er hat keine Andeutungen gemacht, die auf sein Verschwinden in irgendeiner Form hingedeutet hätten. Ich war fast sicher, dass er mich zu seinem Nachfolger bestimmen würde."

„Was sagt denn Catherine dazu?"

„Sie tut überrascht, aber ich bin mir sicher, sie weiß deutlich mehr, als sie zugibt."

„Wieviel Stimmen hast du denn sicher? Wenn du meine mitrechnest."

„Drei, plus meine eigene. Bei Catherine dürfte es ähnlich sein. Das heißt, wir kämpfen um die restlichen drei Stimmen."

„Kann ich dir denn irgendwie behilflich sein, die Unentschlossenen zu überzeugen?"

„Besser nicht. Habe selbst noch ein paar Ideen, wie ich noch zwei Ratsmitglieder auf meine Seite ziehen kann."

„Oh, da hinten steht Catherine und beobachtet uns. Ich wusste gar nicht, dass sie noch in den Vereinigten Staaten weilt."

„Mach dir darüber keine Sorgen. Sie hat sich heute mit Elisabeth aus San Francisco getroffen. Deren Stimme dürfte sie bekommen. Die Weiber halten natürlich zusammen."

Catherine hatte die beiden Vampire schon einige Zeit beobachtet, bevor sie selbst entdeckt worden war. Nun begab sie sich zügig zu Cole und Demmus. „Hallo, Jungs."

Cole nickte nur und begab sich dann zu Sally. Mit Catherine wollte er kein einziges Wort mehr vor der Abstimmung wechseln.

„Hallo, Catherine. Ich freue mich sehr, dich mal wieder zu sehen. Wie lang ist es her, dass wir uns getroffen haben?"

„Das war vor vierzig Jahren in Transsilvanien, Demmus. Lässt dein Erinnerungsvermögen nach?"

„Na ja, manchmal", antwortete dieser lächelnd. „Jetzt fällt es mir aber wieder ein. Wir hatten damals ja eine Menge Spaß zusammen." Schmunzelnd betrachtete er Catherine. Sie sah wirklich umwerfend aus, mit ihrem schulterlangen, fülligen schwarzem Haar. Ihr kurzes schwarzes Kleid und dazu passende High Heels brachten sowohl ihre langen Beine als auch ihre spektakulären Brüste voll zur Geltung. Sie wusste eindeutig, wie man Männern gefiel.

„Freust du dich schon auf Malta, Catherine?"

„Mir wäre es lieber gewesen, wenn Sangus selbst eine eigene Entscheidung getroffen hätte. Die Abstimmung dürfte nicht so einfach werden. Für keinen von uns. Wir müssen eine mögliche Spaltung der Vampirliga unter allen Umständen verhindern."

„Da hast du Recht. Dir ist klar, dass ich für Cole stimmen werde, oder?"

„Natürlich, ihr gehört ja der gleichen Blutlinie an. Alles andere wäre Verrat von deiner Seite."

„Ich wünsche dir trotzdem viel Glück, Catherine."

„Danke, wir sehen uns bei der Ratsversammlung." Catherine verließ anschließend das *Dark Mansion*, während Demmus sich noch einige Gedanken über die Zukunft der Vampirliga machte. Er konnte Sangus nicht verstehen. An seiner Stelle hätte er Catherine längst zur Königin bestimmt. Sie stammte schließlich aus seiner Blutlinie, während Cole von Sangus' Vorgänger geschaffen worden war. Er hoffte, dass die Kampfabstimmung nicht gewalttätig enden würde. Demmus könnte sowohl mit Cole als auch mit Catherine als Oberhaupt aller Vampire prinzipiell leben. Er hielt sich aus der Politik so gut es ging raus. Hauptsache ihm wurde nicht ins eigene Handwerk gepfuscht.

Inspector Hunter wurde mittlerweile von einigen Zweifeln geplagt, was die Zuverlässigkeit von Carl Decker anging. Ob dieser seinen Stammgast aus dem *PoD* tatsächlich an die Polizei verraten würde, war unsicher. Daher begab er sich zu den Kollegen der Abteilung, die Überwachungsvideos auswerteten. Er ging direkt zu Detective Michael Roseberry. Dieser hatte erst vor einigen Wochen eine Verdächtige im Mordfall Jack Miller entdeckt. Vielleicht würde ihm dies nun wieder gelingen. „Hallo, Roseberry. Ich brauche abermals Ihre Hilfe."

„Klar, Inspector. Was kann ich denn diesmal für Sie tun?"

„Ich habe hier ein Foto eines Mordverdächtigen. Er wurde vor einiger Zeit in Soho im *Princess of Darkness* gesehen. Ich würde Sie bitten, alle uns zur Verfügung stehenden Überwachungsbilder aus der letzten Woche zwischen *Piccadilly Circus* und dem *PoD* zu durchforsten. Am besten wäre es natürlich, wenn Sie nicht nur den Verdächtigen, sondern auch Begleitpersonen entdecken könnten. Falls Sie fündig werden sollten, melden Sie sich bitte umgehend bei mir. Der Fall genießt allerhöchste Priorität. Der Killer ist eine blutrünstige Bestie und muss daher schnellstmöglich aus dem Verkehr gezogen werden, ehe er wieder zuschlagen kann."

„Kein Ding. Wird erledigt."

„Danke."

An die letzte Nacht konnte sich Audrey nur noch bruchstückhaft erinnern. Sie hatte selbst für ihre Verhältnisse einige Drinks zu viel intus gehabt. Der hohe Alkoholpegel hatte aber auch Gutes bewirkt. Es war die erste Nacht seit ihrer Entführung, in dem sie nicht durch Albträume aufgeschreckt wurde. Lieber mit einem schlimmen Kater aufwachen, als schweißgebadet von bösen Albträumen geweckt zu werden, dachte sie. Wenn sie allerdings wieder ihren Polizeidienst antreten würde, dürfte sie kaum dauernd mit einer Alkoholfahne erscheinen. Aber darüber brauchte sie sich erst ab morgen Nacht Gedanken machen. Sie starrte ihre lackierten Zehennägel an. Es hatte gut ausgesehen, als der schöne hellrosa Lack noch frisch war. Jetzt musste sie ihn entweder erneuern oder entfernen. Eine Nachricht von Vladimir entdeckte sie auf ihrem Nachttisch und schon waren ihre Gedanken wieder bei den Vampiren. Wie war die Nachricht denn da hingekommen, fragte sie sich leicht verwundert. Der Vampir würde sie gegen zehn Uhr abends abholen und sie dann bis zum Morgengrauen bewachen. Vorher warf sein Kumpel Dante einen Blick auf Audreys Wohnung. Sie dachte erneut über ihren zwielichtigen Leibwächter nach. Vladimir hatte sich eigentlich erstaunlich gut verhalten. Sie konnte sich in erster Linie an das blöde Grinsen erinnern, welches er fast permanent im Gesicht gehabt hatte. Am Ende des Abends fand sie es sogar ein bisschen sexy, so wie sie sich nun daran erinnerte. Er hatte sie fast nach Hause tragen müssen, da sie selbst kaum noch im Stande gewesen war, einen Fuß vor den anderen zu setzen. Zu ihrem Erstaunen freute sie sich sogar darauf, die folgende Nacht wieder mit Vladimir zu verbringen. Besser als allein und ungeschützt, dachte sie. Catherine war ja immer noch in New York unterwegs. Außerdem sah Vladimir verdammt gut aus. Er hatte das Gesicht eines Racheengels — lange schwarze Haare, kristallblaue Augen, einen perfekten Mund – und einen typischen Böse-Jungen-Blick, der ihn ohne jeden Zweifel zum Traummann etlicher Frauen machte. Abgesehen davon, dass er ein Vampir war. Sie schlüpfte in ein sehr körperbetontes, einteiliges dunkles Kleid mit Spaghetti-Trägern. Es ging ihr bis zur Hälfte der wohlgeformten Oberschenkel. Der Ausschnitt ließ ihren beeindruckenden Busen voll zur Geltung kommen. Dann bürstete sie sich ihr langes blondes Haar und trug ein wenig Schminke auf. Wenn schon, denn schon, philosophierte sie vergnügt. Sie wollte sich einen netten Abend machen und dabei verführerisch aussehen. Um Punkt zehn Uhr läutete die Türglocke. Audrey warf ihr Haar in den Nacken und ging frohgelaunt zur Tür.

„Wer ist da?", fragte sie durch die geschlossene Tür. Es gab keinen Türspion, durch den sie hätte blicken können. Doch um diese Uhrzeit könnte es nur ihr Leibwächter sein, vermutete sie und erhielt sobald die Bestätigung für ihre Spekulation.

„Vladimir."

Schnell entfernte die Polizistin die Sicherungskette und drehte den Schlüssel im Schloss. Danach öffnete sie die Eingangstür einen Spaltbreit und trat einen Schritt zurück, um den Vampir einzulassen. Dieser grinste Audrey frech an und presste seine Lippen auf ihre Wange. Dabei strich eine Strähne seiner weichen schwarzen Haare über ihre Wange und Audrey lief ein eiskalter Schauer über den Rücken. Schließlich fragte der Vampir: „Wohin wollen wir gehen? Willst du wieder Cocktails bis zum Abwinken schlürfen, damit ich dich nach Hause tragen muss?"

„Na klar, das ist meine letzte Nacht, in der ich mich so richtig gehen lassen kann. Danach muss ich wieder am nächsten Tag arbeiten und topfit sein."

„Was machst du denn beruflich?"

„Ach, nichts weiter Interessantes. Ein einfacher Bürojob", log Audrey.

„Du solltest nach Hollywood gehen. Mit deinem Gesicht und deinen sexy Rundungen hättest du das Zeug zum absoluten Superstar und könntest sicher Millionen verdienen." Vladimir konnte selbst kaum glauben, dass solch kitschige Worte aus seinem Mund kamen. Aber er genoss die Gegenwart von Audrey in vollen Zügen und fühlte sich seit mehr als hundert Jahren erstmals wieder zu einer Frau so richtig hingezogen.

„Sehr witzig, Vladimir." Die Polizistin fühlte sich außerordentlich gut. Wie jede Frau, hörte natürlich auch sie gerne Komplimente. Vielleicht war es doch gar nicht so schlimm mit Vampiren zu verkehren. Vorher war sie nur mit Catherine allein unterwegs gewesen. Aber von Vladimir fühlte sie sich alles andere als bedroht. „Ich hätte heute Lust auf Tanzen. Lass uns in die *Fabric* im Trendviertel Cerkenwell fahren. Sie gehört zu den besten Discos in der Stadt und bietet drei Hallen zum Abtanzen. Vor Mitternacht brauchen wir da allerdings nicht zu erscheinen. Da ist der Laden noch gähnend leer. Lass uns vorher noch in das *Loungelover* gehen. Dort gibt es die allerbesten Cocktails in der Stadt."

„Von mir aus." Vladimir telefonierte noch kurz mit Dante, um ihm mitzuteilen, dass er seinen Überwachungsdienst für Audreys Wohnung für diese Nacht beenden könne. Danach stürzten sie sich ins Londoner Nachtleben. Im *Loungelover* tranken die beiden einige Cocktails und Audrey versuchte ein bisschen mehr von Vladimir zu erfahren. Sie fragte sich, welchen Effekt ein Cocktail bei einem Vampir haben würde. Wahrscheinlich keinen, dachte sie, während sie nach dem zweiten Glas bereits merkte, wie ihr der Alkohol in den Kopf stieg.

„Erzähl doch mal, Vladimir. Wo kommst du denn ursprünglich her? Und wie lange bist du schon in London?"

Vladimir erzählte Menschen nur äußerst ungern etwas über seine Vergangenheit. Aber er wollte Audrey bei Laune halten und den Abend nicht unnötig verderben. Daher gab er einige Auskünfte.

„Ich lebte in Russland, bevor ich zum Vampir umgewandelt wurde. Ich kämpfte im russisch-persischen Krieg im Jahr 1813 und wurde dort von einem persischen Vampir getötet und zu einem Vampir umgewandelt. Danach wurde ich zu einer Art Weltenbummler. Ich konnte ja nicht mehr zurück in meine Heimat. Als Untoter durfte ich meiner Familie nicht mehr gegenübertreten. Für sie bin ich damals im Krieg gefallen."

„Das tut mir leid."

„Ach was, das ist zweihundert Jahre her. Nach einigen Jahrzehnten hatte ich mich an das Leben als Vampir gewöhnt. Und seitdem genieß ich das ewige Leben."

„Und seit wann bist du in London?"

„Schon dreißig Jahre und fast jede Nacht im *PoD*.
Solange kenne ich auch Catherine."

„Ja, da habe ich dich schon öfters gesehen.
Meistens mit sehr jungen Frauen."

„Na ja, ich trinke gerne einen guten Jahrgang",
erwiderte Vladimir lächelnd. „Und für die meisten
Mädels ist das auch nicht schlimm."

„Und wann tötest du Menschen?"

„Nur, wenn es gar nicht anders geht und meine
Gedankenmanipulation nicht funktioniert." Das war
natürlich eine faustdicke Lüge. Vladimir liebte es,
Menschen komplett auszusaugen, was unweigerlich
zum Tod der Sterblichen führte. Audrey würde er
dies verständlicherweise nicht erzählen. Er wollte ja
einen guten Eindruck hinterlassen. Wenn er sich
selbst als blutsaugende Bestie charakterisieren würde,
wäre es mit dem netten Abend sicher schnell vorbei.

„Ok, genug gequatscht. Lass uns nach Cerkenwell
aufbrechen. Ich will jetzt endlich tanzen." Der
Alkohol und die Gegenwart Vladimirs hatten sie in
eine prächtige Stimmung versetzt. Sie hatte den
Vampir offenbar völlig falsch eingeschätzt, dachte
sie. Er war richtig nett und sie war mittlerweile froh,
dass Catherine ihn als ihren Leibwächter ausgewählt
hatte. Sie würde es Catherine sagen. Besonderes toll
fand sie es, dass Vladimir nicht aus reiner Freude
tötete, sondern offenbar nur, um sich zu schützen.
Ihr Irrtum diesbezüglich sollte ihr in den nächsten
Tagen aber noch schmerzlich bewusst werden. Aber
woher sollte die Polizistin denn auch wissen, wie
Vampire „ticken"?

23. September

Gegen halb eins trafen Audrey und Vladimir in der *Fabric* ein. Der Vampir schaute sich skeptisch um. Die Hallen, in denen eifrig getanzt wurde, hatten gigantische Ausmaße. Es würde nicht ganz einfach werden, Audrey immer im Blickfeld zu behalten. Zu allem Überfluss entdeckte er auch noch einen anderen Vampir, der lächelnd auf sie zukam.

„Hey, Vladi. Dich habe ich ja hier noch nie gesehen. Wer ist denn deine hübsche Freundin? Stehst du jetzt auf ältere Modelle?" Cornelius spielte darauf an, dass Vladimir normalerweise eher mit achtzehnjährigen Mädchen unterwegs war als mit achtundzwanzigjährigen Frauen.

„Hi, Cornelius. Darf ich vorstellen? Audrey – Cornelius."

„Auf welche Musik stehst du denn, Audrey?", fragte Cornelius.

„Harter Gitarrenrock ist das, was ich am meisten liebe. Ich singe auch in einer Rockband. Sie heißt *Dark Lady*."

„Ganz mein Geschmack. Aber für heute muss ich mich verabschieden. Habe noch was anderes vor. Wir sehen uns, Vladi. Ciao, Audrey."

„Woher kennst du den Burschen? War das etwa auch ein Vampir?"

„Ja, leider. Er geht mir total auf die Nerven. Er gehört noch zu den jüngeren Vampiren. Soweit ich weiß, wurde er erst vor zehn Jahren umgewandelt. Er ist noch mehr Mensch als Vampir, wenn man mal von seiner Nahrungsaufnahme und seiner jetzigen Sonnenallergie absieht. Eine totale Nervensäge."

„Ich fand ihn auf den ersten Blick ganz lustig. Aber das kann natürlich täuschen." Cornelius war der erste männliche Vampir, den sie getroffen hatte, der nicht groß und breitschultrig war. Cornelius war kaum größer als sie selbst, also ein Meter und fünfundsechzig Zentimeter. Im direkten Vergleich zu Vladimir wirkte er wie ein Winzling. Anscheinend existierten also auch weniger furchteinflößende Vampire. „Aber jetzt lass uns endlich tanzen gehen."

Und schon war Audrey Richtung Tanzfläche aufgebrochen. Vladimir hielt Abstand und versuchte, sie nicht gänzlich aus den Augen zu verlieren. Erstaunlicherweise gelang ihm das drei Stunden lang auch sehr gut. Dann hatte Audrey endlich genug vom Tanzen und wollte zurück in ihre Wohnung gebracht werden. Gegen vier Uhr erreichten sie das West-End, in dem sich Audreys Wohnung befand. Sie verabschiedeten sich und vereinbarten, dass Vladimir am nächsten Abend wieder um zehn Uhr auf der Matte stehen würde. Sie planten, die nächste Nacht in Audreys Wohnung zu verbringen, ohne sich wieder ins Londoner Nachtleben zu stürzen. Beide hatten ein breites Grinsen im Gesicht und Audrey drückte dem Vampir zum Abschied wieder einen Kuss auf den Mund. Es hätte nicht viel gefehlt und Audrey wäre mit Vladimir im Bett gelandet. Wenn der Vampir etwas fordernder gewesen wäre, hätte sie sich auf ein amouröses Abenteuer wohl eingelassen. Was für ein verstörender und zutiefst beunruhigender Gedanke, dachte sie. Das musste in erster Linie am Alkohol liegen. Sie stellte sich kurz vor, wie es denn wohl wäre, mit einem männlichen Vampir zu schlafen, ehe sie ihr Kleid auszog und sich glücklich und zufrieden ins Bett legte. Die Nacht hatte richtig Spaß gemacht und ihr standen einige Stunden Schlaf ohne Albträume bevor.

In New York führten die Geschwister Catherine und Juan eine hitzige Diskussion darüber, wie sie die schwankenden drei Ratsmitglieder dazu bewegen konnten, für Catherine zu stimmen.

„Du wirst es nicht schaffen, Schwesterchen. Du kennst Cole nicht so gut wie ich. Er kämpft mit harten Bandagen. Ich bin sicher, dass er versuchen wird, einige von den Ratsmitgliedern zu bestechen oder auf anderem Weg auf seine Seite zu ziehen. Vielleicht sogar mit simpler Erpressung. Zuzutrauen wäre es ihm allemal."

„Nein, das denke ich nicht. Das würde sowohl für ihn als auch für die Bestechlichen das Todesurteil bedeuten, wenn das irgendwann rauskommt. Und irgendjemand quatscht immer. Erpressung wäre ja noch dreister."

„Mensch, Catherine. Du bist doch sonst nicht so blauäugig. Eine zweite Chance wird Cole niemals bekommen. Und du auch nicht. Es geht jetzt um alles oder nichts."

„Was schlägst du denn vor? Soll ich es auch mit Bestechung versuchen?"

„Natürlich nicht. Du brauchst einen Maulwurf unter Coles Anhängern, um zu erfahren, was er vorhat. Nur dann kannst du notfalls reagieren."

„Kennst du denn jemanden, der dafür in Frage kommt? Wir haben nur noch drei Nächte Zeit."

„Vielleicht. Ich kümmere mich darum. Du musst die Wahl gewinnen oder es wird richtig ungemütlich für uns. Auf kurz oder lang würde er dir London wegnehmen und dich ins Altenteil schicken. Und mich würde er wahrscheinlich aus New York verbannen und dort eine Marionette als seinen Nachfolger installieren. Er fürchtet uns, Catherine. Nur uns beide. Wir gehören neben ihm zu den mächtigsten noch existierenden Vampiren. Und wir sind Geschwister, die durch dick und dünn gehen. Aber als König hätte er eine Macht, die wir nicht besitzen."

„Du weißt, was passiert, wenn weder Cole noch ich eine absolute Mehrheit bekommen?"

„Ja, dann wird um den Thron gekämpft."

„Genau. Ich brauche vorher noch ein wenig Training. Du bist der beste Schwertkämpfer, den ich kenne. Wir sollten also die nächsten Nächte nutzen, um mich auf einen eventuellen Kampf bestmöglich vorzubereiten."

„Gute Idee. Lass uns gleich anfangen und in mein Trainingszentrum fahren. Es ist nur zwanzig Minuten von hier entfernt. Dein Lieblingsschwert hast du ja dabei. Bin sehr gespannt, ob du immer noch so gut drauf bist wie bei unserem letzten Training. Das ist ja schon fast vierzig Jahre her, als ich dich das letzte Mal mit einem Schwert gesehen habe. Deine Schwertführung verlangte mir damals gehörigen Respekt ab."

Bei *Bloodybur*, welches Catherine vor einigen Nächten zur Enthauptung von Sangus eingesetzt hatte, handelte es sich um ein *Katana*, ein japanisches Langschwert. Das *Katana* stellte eine bestimmte geschwungene Schwertform mit einfacher Schneide dar. Die Klingenform ähnelte der eines Säbels, jedoch war das Griffstück nicht gegen die Schneidenseite gebogen wie beim klassischen Säbel. Der größte Unterschied bestand aber in der Handhabung. Während das *Katana* selten einhändig, sondern meist zweihändig geführt wurde, war der durchschnittliche Säbel als Einhandwaffe konzipiert. Dieser gravierende Unterschied mündete in einer unterschiedlichen Fechtweise. Das *Katana* wurde seit dem Ende des vierzehnten Jahrhunderts traditionell von japanischen Samurai verwendet. Das *Tsurugi* stellte das Gegenstück zum *Katana* dar. Es bezeichnete ein gerades Schwert mit symmetrischer, zweischneidiger Klinge und einer zentrierten Spitze. Schwerter dieser Art waren vorrangig in Japan von der Mitte des siebenten Jahrhunderts bis zum Ende des neunten Jahrhunderts gebräuchlich. In diesen Tagen existierten nur noch wenige Schwerter dieser Art. Aber Juan kämpfte gern mit einem *Tsurugi*. Dadurch hob er sich von den meisten anderen Vampiren ab, die eher das *Katana* bevorzugten.

Roseberry klopfte fast schon schüchtern an Hunters Bürotür. „Kommen Sie endlich rein", hörte er den Inspector rufen. Nach dem Eintreten schloss der Detective leise die Tür hinter sich und machte einen eher zerknirschten Eindruck.

„Was ist denn mit Ihnen los, Detective? Ist Ihnen gerade eine Laus über die Leber gelaufen?"

Bevor Roseberry antwortete, ließ er seinen Blick noch durch das Büro wandern. Es wirkte ziemlich mickrig und war komplett mit älteren dunklen Möbeln eingerichtet. Es war unter anderem mit einem zwei Meter hohen Regal voller Fachliteratur und einem Karteikartenschrank aus Metall recht spärlich ausgestattet. An den hellen Wänden hingen ein Kalender sowie diverse Urkunden, die Hunter während der letzten zwanzig Jahre für seine erfolgreiche Arbeit im Polizeidienst erhalten hatte. Auf dem Schreibtisch hatte er neben einem Laptop Bilder seiner Frau und seiner beiden Söhne William und Harry aufgereiht. Durch ein kleines Fenster fiel nur wenig Tageslicht in den Raum hinein, so dass fast den ganzen Tag die Deckenbeleuchtung brennen musste. Außerdem befanden sich eine Kaffeemaschine und zwei Tassen auf einem kleinen Beistelltisch. Der Kaffeegeruch lag beständig in der Luft.

„Ich konnte den Tatverdächtigen auf einem der Videobänder entdecken. Er war darauf in Begleitung einer Frau zu sehen."

„Ganz hervorragend, Roseberry. Auf Sie kann ich mich anscheinend immer verlassen."

„Freuen Sie sich lieber nicht zu früh. Schauen Sie sich das Bildmaterial bitte selbst einmal an." Roseberry reichte dem Inspector einen USB-Stick, den dieser in die zugehörige Buchse seines Laptops schob. Anschließend spielte er das Video mit einem Mediaplayer ab. Ganz deutlich war der Verdächtige zu erkennen und in seinen Armen lag eine Person, die Hunter ebenfalls nicht unbekannt war.

„Das ist ja mal eine Überraschung", war das einzige, was Hunter zu den Bildern auf Anhieb einfiel. „Haben Sie das Video schon jemand von Ihren Kollegen gezeigt, Detective?"

„Nein, ich bin direkt damit zu Ihnen gekommen, Inspector. Wie Sie befohlen hatten."

„Sehr gut, Roseberry. Bitte halten Sie den Inhalt des Videos bis auf weiteres unter Verschluss. Ich kümmere mich persönlich darum. Von wann stammt denn die Aufnahme?"

„Aus der vorletzten Nacht, Sir."

„Ok, danke. Ich melde mich wieder bei Ihnen, falls ich noch weitere Informationen benötige."

Roseberry verließ das Büro und begab sich wieder zu seinem eigenen Schreibtisch. Er war sehr gespannt, wie der Inspector mit dem Video verfahren würde. Er selbst hatte fast nicht glauben können, was und insbesondere wen er darauf neben dem Killer erblickt hatte.

Hunter war ebenfalls geschockt, über das was er in dem Überwachungsvideo gesehen hatte. Mit vielem war zu rechnen gewesen, aber damit sicherlich nicht. Verdammter Mist, schoss als erster Gedanke durch den Kopf des mittlerweile achtundvierzigjährigen, sportlichen Familienvaters. Sein strenger Blick und seine harten Gesichtszüge wiesen ihn als gradlinigen, kompromisslosen Menschen mit eisernen Willen aus. Erste graue Strähnen durchzogen sein Haar. Sie fielen kaum noch auf, seitdem er sich einen modischen Kurzhaarschnitt hatte schneiden lassen.

Sein Spitzname im Revier lautete *Dirty George*, in Anlehnung an die filmische Kultfigur *Dirty Harry*, die von Clint Eastwood verkörpert wurde. Er fuhr seinen Rechner herunter und begab sich in die Tiefgarage zu seinem Auto. Als erstes schaltete er seinen CD-Player an. Neil Diamond, Frank Sinatra, Tony Bennett, Tom Jones und Shirley Bassey waren die Sänger, die er am liebsten hörte. Wenn er mit Detective Weaver unterwegs war, musste er sich immer dumme Kommentare dazu anhören. Seine jüngere Kollegin bevorzugte die Art von Musik, denen er wenig abgewinnen konnte. Der Inspector fuhr gemächlich ins *West-End* und klingelte dort an der Wohnungstür der weiblichen Person, die auf den Überwachungsbildern vom Mordverdächtigen in seinen Armen gehalten wurde.

Die Tür wurde geöffnet und er konnte die Überraschung in den Augen seiner Partnerin sehen, als er begrüßt wurde. „Hallo, Chef. Was machen Sie denn hier? Mein Dienst beginnt doch erst morgen wieder."

„Guten Abend, Weaver. Wir haben etwas sehr wichtiges zu besprechen. Das kann leider nicht bis morgen warten."

„Um Himmelswillen, was kann denn nicht noch ein paar Stunden warten? Ist jemand gestorben?"

„Holen Sie bitte mal Ihren Laptop her. Ich muss Ihnen etwas zeigen." Hunter hielt einen USB-Stick in der Hand.

„Ok, Chef", erwiderte eine nun doch leicht verunsicherte Audrey. Sie hatte nicht den blassesten Schimmer, worum es gehen könnte. „Hier ist der

Laptop. Geben Sie mir den USB-Stick." Audrey schloss das Speichermedium an ihren Rechner an und musste sich von Hunter die Anweisung geben lassen: „Starten Sie nun endlich dieses verdammte Video, Detective. Ich habe nicht den ganzen Abend Zeit, mich um Ihren Mist zu kümmern."

Audrey ließ die Bilder der Überwachungskamera laufen und traute ihren Augen nicht. „Was soll das, Inspector? Überwachen Sie mich etwa?"

„Sie nicht, aber Ihren Begleiter. Er gehört zu den Hauptverdächtigen in einem Mordfall. Was haben Sie mit Ihm zu schaffen? Wer ist das?"

Audrey kippte die Kinnlade runter, als von einem Mordverdächtigen gesprochen wurde. Was hatte Catherine sich bloß dabei gedacht, einen Killer als ihren Leibwächter einzusetzen. Andererseits töteten ja wahrscheinlich nahezu alle Vampire gelegentlich Menschen, so dass sie wohl keine andere Wahl gehabt hatte. „Ich kenne den Mann nicht näher, Chef. Ich habe ihn in der Nacht zufällig getroffen und wir haben im *Moonlightclub* ein paar Drinks zu uns genommen. Ich kenne weder seinen Namen noch weiß ich, wo er wohnt oder sonst so treibt", log Audrey.

„Und das soll ich Ihnen glauben? Dieser Mann hat vor ein paar Tagen zwei Frauen brutal ermordet und den Opfern das Blut abgezapft, und sie trinken mit diesem Monster ein paar Cocktails und wissen nicht, wer er ist?"

„Sorry, Inspector. Ich weiß, wie das aussieht, aber wir haben wirklich nur ein paar Cocktails zusammen getrunken. Woher sollte ich denn wissen, dass er ein Mörder ist?"

„Wenn wir uns die Überwachungsvideos aus Ihrer Wohngegend anschauen, dann werden wir nicht entdecken, dass er bei Ihnen die Nacht verbracht hat, oder? Auf dem Video waren sie ja eng umschlungen. Er hat sie ja mehr oder weniger auf Händen getragen."

Audrey dachte scharf nach, wo Kameras in der Nähe Ihrer Wohnung im Einsatz waren. Mit ein bisschen Glück sollten sie und Vladimir von keiner weiteren Kamera erfasst worden sein. Das Risiko musste sie jetzt eingehen. „Natürlich nicht. Für wen halten Sie mich denn? Ich nehme doch nicht jede Zufallsbekanntschaft sofort mit in meine Wohnung. Und sicher nicht mit ins Bett, wie Sie ja wohl andeuten wollten. Ich bin doch keine Schlampe."

„Ich hoffe das, Weaver. Bei ihrem Freund handelt es sich sehr wahrscheinlich um den brutalsten Auftragskiller, den ich jemals verfolgt habe. Sie wissen, dass ich Sie als Kollegin schätze. Aber wenn sie engere Kontakte zu Mördern unterhalten, muss ich sie fertigmachen. Das ist Ihnen doch klar, oder? Dann wäre Ihre Polizeilaufbahn ganz schnell beendet."

„Das ist mir total bewusst, Sir. Bin ich denn vorübergehend suspendiert oder kann ich morgen trotzdem wieder meinen Dienst antreten?"

„Sie kommen morgen ganz normal ins Revier. Bisher weiß außer uns beiden nur Roseberry, dass sie auf dem Video zu sehen sind. Ich werde ihm von einer geheimen verdeckten Ermittlung erzählen, die

Sie durchgeführt haben und Sie zu dem Zeitpunkt noch nicht wissen konnten, um wen es sich bei Ihrem Begleiter handelte. Noch vertraue ich Ihnen, Weaver."

„Danke, das werden Sie nicht bereuen, Sir."

„An dem aktuellen Mordfall können Sie natürlich nicht selbst ermitteln."

„Das verstehe ich."

„Ok, Weaver. Dann bis morgen. Passen Sie auf sich auf und machen Sie gefälligst keinen weiteren Blödsinn. Ich brauche Sie noch!"

„Bis dann, Chef."

Audrey verschloss die Tür, nachdem Hunter die Wohnung verlassen hatte. Sofort griff sie zu dem Prepaid-Handy, welches Vladimir ihr letzte Nacht in die Hand gedrückt hatte. Seine Nummer war als einzige gespeichert. Diese Nummer wählte Audrey nun. Nach zweimaligen Klingeln hörte sie Vladimir sagen: „Hi, was gibt es? Wieder nüchtern?"

„Verdammter Hurensohn. Du hast dich bei einem Mord an zwei Frauen filmen lassen und wirst von der Polizei gesucht. Das hättest du mir sagen müssen. Wir wurden vorletzte Nacht zusammen in Soho gefilmt. Jetzt steht meine ganze Zukunft auf dem Spiel."

„Du meinst, deinen Job bei der Polizei?"

„Woher weißt du, dass ich bei der Polizei bin?"

„Ich bin dein Leibwächter. Natürlich habe ich mich über dich erkundigt. Besser wäre es allerdings gewesen, wenn mir Catherine mehr Infos über dich gegeben hätte. Das hätte mir einiges an Arbeit erspart, die ich für Recherchen aufwenden musste."

„Was machen wir jetzt? Wie ich meinen Chef kenne, wird er mich rund um die Uhr überwachen lassen."

„Ich werde mich darum kümmern und werde dir einen anderen Leibwächter besorgen. Dante ist der Polizei wahrscheinlich auch bekannt. Von daher brauche ich noch etwas Zeit, um jemanden zu finden, der dafür in Frage kommt und keinen Verdacht erregt. Und wenn dich die Polizei überwacht, dürftest du ohnehin nicht mehr in allzu großer Gefahr sein. Mit Polizisten legen wir Vampire uns nur äußerst ungern an. Das erweckt zu viel Aufmerksamkeit." Für jemanden, der selbst erst vor wenigen Tagen einem Polizisten das Genick gebrochen hatte, schien dies allerdings eine ziemlich gewagte These zu sein.

„Mann, Mann, Mann. Was sagen wir Catherine? Sie wird sich garantiert noch in dieser Nacht bei mir melden."

„Wir sagen ihr natürlich die Wahrheit. Was denkst du denn? So etwas können wir doch nicht vor ihr verheimlichen. Bis später."

Audrey war fassungslos. Offensichtlich hatte Vladimir sie bezüglich seiner Lust zu töten, in der letzten Nacht schamlos belogen. Wie blind war sie denn gewesen, einem Vampir Glauben zu schenken? Ihre Zukunft bei der Polizei hing wieder einmal am seidenen Faden. Sie musste auf Hunter setzen, damit er sie nicht der Dienstaufsicht meldete. Mit Michael Roseberry müsste sie wohl oder übel einen netten

Abend verbringen, damit er nichts ausplaudert. Die letzten Tage ließen sie ernsthaft zweifeln, ob sie ihre Beziehung zu Catherine weiter aufrechterhalten sollte. Erst die Entführung nach New York und jetzt das Überwachungsvideo, welches sie mit einem Mörder zeigte. Das konnte nicht mehr lange gut gehen. Aber sie war dem Vampir mit Haut und Haar verfallen und konnte sich nicht dagegen wehren, dachte sie zerknirscht. Wie einfach wäre das Leben doch ohne Vampire gewesen. Audrey sprach sich selbst Mut zu. Sie hatte das Leben stets genossen und wusste, sie würde es auch bald wieder tun. Nur musste sie bis dahin erst diese schlimme Zeit überstehen. Zu ihrem eigenen Entsetzen begann sie zu weinen. Ihre emotionale Verfassung glich in diesen Tagen einer Achterbahnfahrt.

24. September

Um vier Uhr morgens wurde Audrey unsanft aus dem Schlaf gerissen. Das Telefon läutete. Sie blickte erst auf die LED-Anzeige ihres Weckers, schüttelte entnervt den Kopf, bevor sie ihr Smartphone in die Hand nahm. „Hey", sagte sie nur.

„Hallo, Audrey, hoffentlich habe ich dich nicht geweckt. Habe leider nicht an den Zeitunterschied zwischen London und New York gedacht."

„Es ist erst vier, Catherine. Natürlich hast du mich geweckt. Ich schlafe im Gegensatz zu dir in den meisten Nächten ein paar Stunden. Aber es gibt jetzt wichtigere Dinge als meine Nachtruhe. Hat sich Vladimir schon bei dir gemeldet?"

„In den letzten Stunden nicht. Was gibt es denn? Hat er sich etwa ungebührlich verhalten?"

„Sag du mir das. Er gilt als Mordverdächtiger. Die Polizei besitzt ein Überwachungsvideo, welches ihn mit der Tat unmittelbar in Verbindung bringt."

Verdammter Mist, dachte Catherine nur. Wie dumm hatte sich denn Vladimir angestellt. „Was meinte denn Vladimir dazu? Hat er dir etwas über die Opfer erzählt oder warum er sie getötet hat?"

„Natürlich nicht. Mein Chef hat mich über die Tat informiert. Denn zu allem Überfluss wurde Vladimir zusammen mit mir von einer dieser verfluchten Überwachungskameras in London aufgenommen. Mein Job hängt jetzt am seidenen Faden."

Das gefiel Catherine überhaupt nicht. Kaum war sie ein paar Tage nicht in ihrem geliebten London und schon lief fast alles schief. Vladimir ein

Mordverdächtiger und ihre geliebte Audrey nicht nur in Lebensgefahr durch ihren Kontakt zu Vampiren, sondern zusätzlich auch noch im Job gefährdet.

„Das tut mir leid, Audrey. Ich kann hier noch nicht weg, bin aber voraussichtlich spätestens am dreizigsten September wieder zurück in London."

„Ist schon in Ordnung, ich werde jetzt vermutlich von der Polizei überwacht. Vladimir meinte, dass das Vampire abschrecken könnte und ich erst einmal halbwegs sicher wäre. Auch wenn er selbst mich nicht mehr beschützen kann. Er wird mir aber in den nächsten Nächten wohl einen anderen Vampir schicken, der zumindest meine Wohnung im Auge behält."

„Das will ich doch schwer hoffen. Auch wenn Vampire nur selten Polizisten töten, ist das noch längst keine Gewähr, dass du in Sicherheit bist. Du bist schließlich auch bei der Polizei und wurdest attackiert. Pass bitte auf dich auf. Die Sache ist noch lange nicht ausgestanden."

„Du machst mir ja eine Höllenangst, Catherine. Kannst du nicht vielleicht doch früher nach London zurückkommen? Ich fühle mich nur sicher, wenn du in meiner Nähe bist."

„Ok, ich versuche die nächsten beiden Nächte in London zu sein, bevor es zur Ratsversammlung nach Malta geht." Dies warf Catherines Pläne über den Haufen, sich in den nächsten Nächten noch um einige Ratsmitglieder zu kümmern und ihr Schwertkampf-Training mit Juan fortzusetzen. Denn noch hatte sie nicht die notwendigen Stimmen für die Wahl beisammen. Sie hoffte, Cole würde es nicht besser ergangen sein.

„Danke, das bedeutet mir unendlich viel", beendete Audrey das Gespräch und legte sich wieder schlafen. Sie nahm ihren Job als Detective bei der Mordkommission sehr ernst und wollte daher topfit sein, wenn sie Hunter am Vormittag gegenüber treten müsste. Sie musste ihren Chef unbedingt davon überzeugen, dass er weiter auf sie setzen konnte. Trotz ihrer Nacht mit Vladimir.

Catherine hätte eigentlich wütend auf Vladimir sein sollen. Man musste dem russischen Vampir aber zu Gute halten, dass er Audrey nichts davon erzählt hatte, dass Catherine die Auftraggeberin für den Mord an den beiden Frauen gewesen war. Und erst vor einigen Wochen war sie ja selbst das Opfer von Überwachungskameras am *Piccadilly Circus* geworden, als sie mit ihrem späteren Opfer Jack Miller Arm in Arm durch die Straßen schlenderte. Für kurze Zeit galt sie als Tatverdächtige. Aufgrund zu geringer Beweislast und nicht zuletzt durch Audreys Hilfe wurden die Ermittlungen gegen sie aber eingestellt. Diese verfluchten Kameras, dachte sie nicht zum ersten Mal.

Juan fragte besorgt: „Ist bei dir alles in Ordnung? Du siehst sehr nachdenklich aus, Schwesterchen. Falten auf der Stirn stehen dir gar nicht."

„Es gibt leider ernsthafte Probleme in London. Ich muss so schnell wie möglich zurück und mich um meine Freundin kümmern. Audrey hat schreckliche Angst. Vorher brauche ich aber nochmal deine Hilfe.

Wir müssen ein weiteres Dokument fälschen, sprich: Sangus' Handschrift."

„Ok, das kann ich natürlich tun, aber was passiert, wenn Sangus irgendwann rausfindet, dass wir in seinem Namen den Rat belügen? Er versteht bei solchen Dingen keinen Spaß."

„Das wird er nicht. Er hat mir hoch und heilig versprochen, niemals wieder aufzutauchen, wenn er denn einmal verschwinden sollte. Ich glaube ihm das. Und außerdem kann uns mit den Briefen sowieso niemand in Verbindung bringen. Dafür fälscht du einfach viel zu gut. Du bist schließlich ein Meisterfälscher."

„Ich verstehe es immer weniger. Wenn er gewollt hätte, dass zwischen dir und Cole eine Abstimmung stattfinden soll, hätte er dies doch ganz einfach den übrigen Ratsmitgliedern erzählen können und diese ganze Heimlichtuerei wäre nicht notwendig."

„Vertrau mir. Du kennst doch Sangus. Er hat die Vampirliga mit eiserner Hand geführt und unter den aktuellen Ratsmitgliedern nur wenig Unterstützer. Ich bin mir sicher, dass es ihm Freude bereitet, uns jetzt so ahnungslos zurückgelassen zu haben. Dies ist die erste Wahl seit mehreren hundert Jahren. Zuletzt wurden die Nachfolger ja immer direkt vom Amtsinhaber bestimmt. Er wollte zum Abschluss seines Wirkens nur ein bisschen Chaos verursachen und lacht sich eins ins Fäustchen."

„Na gut, was für einen Text soll ich schreiben?" Juan traute seinen Ohren nicht, als Catherine ihm die Worte diktierte. Er schrieb sie aber trotzdem, auch wenn es ihm einiges Unbehagen bereitete. Er konnte nur hoffen, dass er mit diesem Schreiben niemals in Verbindung gebracht würde.

„Juan, können wir noch ein bisschen trainieren, bevor ich aufbreche?"

„Natürlich, aber nach dem gestrigen Training bin ich mehr denn je überzeugt davon, dass du stärker bist als alle Vampire, die ich jemals kämpfen sah. Und ich habe in den letzten vier Jahrhunderten eine Menge großer Meister kämpfen sehen. Gegen dich hat Cole nicht die geringste Chance in einem fairen Wettkampf."

„Keine Komplimente, bitte. Es geht schließlich um meinen schönen Kopf und ich werde meinen Widersacher nicht unterschätzen."

Catherine trainierte in London regelmäßig mit dem Schwert. Sie hatte es vor ihrer New York Reise zuletzt dafür einsetzen müssen, einige Vampire in den schottischen Highlands zu töten. Auch wenn dies strengstens untersagt war. Aber wenn es um ihre eigenen Interessen ging, kannte sie kein Pardon, auch nicht, wenn es sich um Vampire handelte. Ursprünglich wurde die *Princess of Darkness* von Sangus vor fast fünfhundert Jahren in die Kunst des Schwertkampfes eingeführt. Sie hielt sich selbst zwar auch für nahezu unbesiegbar, wollte trotzdem kein Risiko gegenüber dem verhassten Cole eingehen. Die kleinste Unachtsamkeit könnte ihren Kopf kosten. Denn Cole gehörte mit seinen vierhundert Jahren auch zu den älteren Vampiren, die schon so manche Schlacht geschlagen hatten, und er würde bis zum bitteren Ende kämpfen.

Audrey erschien zur gewohnten Zeit, kurz nach neun Uhr morgens, an ihrem Arbeitsplatz in der Londoner Mordkommission, welche zwischen dem Finanzdistrikt und der Tower Bridge ihren Sitz hatte. Hunter wies ihr Routinearbeiten zu und behandelte sie zumindest in der Gegenwart ihrer Kollegen genauso wie immer. Er schien sein Wort zu halten, das unheilvolle Überwachungsvideo erst einmal unter Verschluss zu lassen. Roseberry saß in einer anderen Etage, so dass sie ihn noch nicht entdeckt hatte. Sie konnte nur hoffen, dass er seine vorlaute Klappe halten würde und nicht hinausposaunte, dass sie eine Nacht mit einem potenziellen Serienkiller verbracht hatte. Auf diese Schmach konnte sie getrost verzichten.

Am späten Nachmittag erschien Peter Miller völlig überraschend im Polizeirevier. Er ließ sich in das Büro von Inspector Hunter bringen.

„Was machen Sie denn in London, Mr. Miller?", fragte dieser erstaunt.

„Ich möchte Ihnen helfen, Inspector. Fast meine ganze Familie und meine allerbesten Freunde wurden ermordet. Ich kann jetzt nicht einfach so weiterleben wie bisher. Die Täter müssen gefasst werden. Wie kann ich Ihnen dabei helfen?"

„Ich verstehe ja Ihren Frust, aber es wäre wirklich besser, wenn Sie uns unseren Job machen lassen und wieder nach Schottland fliegen und sich um ihren Sohn kümmern. Er braucht Sie sicher dringend."

„Ich kann nicht. Das müssen Sie doch eigentlich verstehen."

„Na gut, Mr. Miller. Sie könnten uns vielleicht tatsächlich ein bisschen helfen. Wir haben nicht genügend personelle Ressourcen, um das *PoD* und die umliegenden Clubs in Soho rund um die Uhr zu observieren. Vielleicht taucht der Verdächtige, der uns unter dem Namen Vladimir bekannt ist, dort noch einmal auf. Wenn Sie möchten, teile ich Ihnen eine Drei-Stunden-Schicht zu, in der wir selbst keine Leute vor Ort haben. Wäre das für Sie in Ordnung?"

„Natürlich, wann soll ich dort sein?"

„Ich kläre das mit meinen Kollegen und schaue mir die Dienstpläne an. Ihre Mobilnummer habe ich ja gespeichert. Ich melde mich dann bei Ihnen. Wo sind Sie denn abgestiegen?"

„Diese Nacht bin ich im *Hilton,* in unmittelbarer Nähe zur Tower Bridge. Also gar nicht weit von hier. Aber ich werde mir für die folgenden Nächte ein preiswerteres Zimmer am *Piccadilly Circus* suchen, falls sich dort eins auftreiben lässt. Die Preise für Hotelzimmer sind hier ja unverschämt hoch. Das grenzt ja schon an Abzocke."

„Gut, dann gehen Sie am besten erstmal in Ihr Hotel und wir telefonieren dann später."

„Danke, Inspector."

„Freuen Sie sich nicht zu früh. Wir müssten schon sehr viel Glück haben, wenn der Killer nochmals in Soho auftauchen sollte", beendete Hunter das Gespräch.

Hunter begleitete Miller nach draußen und rief auf dem Rückweg Audrey zu sich ins Büro, die dann auch kurze Zeit später in den Raum des Inspectors trottete.

„Was gibt es, Chef?"

„Haben Sie eben Peter Miller gesehen? Er hat fast jeglichen Lebensmut verloren, nachdem seine Frau nicht mehr unter den Lebenden weilt. Und das hat er Ihrem mysteriösen Freund zu verdanken. Wollen Sie mir nicht doch noch etwas über diesen geheimnisvollen Vladimir erzählen? Irgendetwas müssen Sie doch über ihn erfahren haben, was uns bei der Suche nach ihm weiterhelfen kann. Sie wollen doch keinen Mörder schützen, oder?"

„Ich habe Ihnen alles erzählt. Ich weiß wirklich nicht, wo er wohnt oder was er tagsüber macht. Glauben Sie mir bitte. Ich würde es Ihnen sagen. Schließlich geht es auch um meinen Kopf." Audrey gingen ihre Lügen von Tag zu Tag leichter über die Lippen.

„Miller wird uns bei der Suche nach der Bestie unterstützen und in Soho seine Augen offen halten."

„Halten Sie das denn wirklich für eine gute Idee? Was passiert denn, wenn er Vladimir über den Weg läuft?"

„Er wird uns umgehend anrufen und dann werden wir uns um diesen Psychopathen kümmern und ihn niemals wieder auf die Straße lassen. Miller wird schon nicht den Helden spielen."

„Glauben Sie denn nicht, dass Vladimir längst die Flucht ergriffen und London verlassen hat?"

„Wer weiß schon, was in solch einem kranken Hirn vorgeht. Aber wir müssen natürlich alle Möglichkeiten in Betracht ziehen. Woher sollte er denn eigentlich wissen, dass wir ihm auf den Fersen sind? Die letzten Morde an den Frauen und dem Polizisten sind ja in Schottland passiert. Ohne Peter Miller hätten wir die Verbindung zu London mit ziemlicher Sicherheit niemals hergestellt."

„Da haben Sie natürlich völlig Recht, Inspector. Vielleicht haben wir Glück und er hält sich noch in London auf und fühlt sich hier sicher."

Wenn der Inspector ahnte, dass Vladimir längst wüsste, dass die Polizei nach ihm suchte, würde der Verdacht sofort auf sie fallen. Obwohl sie es ja nicht gewesen war, die dem Vampir die Information geliefert hatte, dass er auf der Fahndungsliste stand. Audrey wunderte sich ohnehin, woher er dies wissen konnte. Es musste wohl bei der Polizei Informanten geben. Sie konnte nur hoffen, dass Vladimir tatsächlich London verlassen hatte. Sie wollte unter allen Umständen ein Blutbad zwischen Vampiren und Polizisten verhindern. Die Situation war schon schlimm genug. So leid ihr Peter Miller auch tat. Es würde niemanden mehr zum Leben erwecken, falls sie Vladimir fassen und einen Krieg gegen Vampire anzetteln sollten. Die Existenz von Vampiren dürfte auf keinen Fall entdeckt werden. Sie wollte sich gar nicht ausmalen, was das bedeuten würde.

Hunter wollte noch einen letzten Versuch wagen, die Kooperationsbereitschaft seiner Mitarbeiterin bezüglich sachdienlicher Informationen anzufachen. Aus einer Schublade, die beim Öffnen fürchterlich quietschte, holte er die grauenhaften Tatortfotos und den Obduktionsbericht heraus und forderte Audrey dazu auf, die Unterlagen näher zu betrachten. Kurze

Zeit später wurde sie kreidebleich. Mit fast allem hatte sie gerechnet, aber die Brutalität gegenüber den beiden Frauen überstieg ihre Vorstellungskraft. Und sie hatte sich mit dem Täter zwei Nächte lang vergnügt und eine gewisse Sympathie für ihn empfunden. So gut sie Menschen einschätzen konnte, so wenig schien ihr das bei Vampiren zu gelingen. Aber obwohl sie wusste, wer oder was er war, und trotz der furchtbaren Dinge, die sie von ihm erfahren hatte, mochte sie Vladimir. War es denn möglich, von jemandem gleichzeitig heftig angezogen und abgestoßen zu werden? Die Antwort darauf war ein klares Ja, gestand sich Audrey ein. Ähnlich verhielt es sich ja auch bei ihrer Beziehung zu Catherine. Die Polizistin liebte den Vampir und verabscheute trotzdem die blutige Vergangenheit von Catherine. Diese hatte ihr zwar versprochen zukünftig nur noch im Notfall zu töten. Ob sie sich allerdings auf die Aussagen ihrer Freundin verlassen konnte, blieb zweifelhaft. Aber man konnte sich leider nicht aussuchen, wen man liebte. Gegen ihr Herz war sie machtlos.

Der Inspector schüttelte den Kopf, als er seine Partnerin zu ihrem Schreibtisch zurückschickte. Eigentlich hätte er Weaver längst seinem Chef melden müssen. Aber er brachte es nicht übers Herz. Sie war seine beste Mitarbeiterin seit langer Zeit gewesen, und sie hatten einige knifflige Fälle zusammen gelöst. Er würde diesen Vladimir zur Strecke bringen und wenn Audrey die Wahrheit gesagt hatte, dass sie nur einmal etwas mit dem

Killer getrunken und sonst keinerlei Kontakt gehabt hatte, würde er sich für sie einsetzen. Denn verlieren wollte er sie nicht. Dafür war sie viel zu wertvoll für die Mordkommission. Außerdem mochte er die junge Frau sehr gern. Der Altersunterschied von fast zwanzig Jahren führte zwar dazu, dass sie außerhalb des Dienstes praktisch keinerlei Kontakt hatten, aber das war auch gut so. Wenn er zehn Jahre jünger gewesen wäre, hätte dies sicherlich zu sexuellen Spannungen zwischen ihnen beiden führen können, die eine Zusammenarbeit nicht leichter gemacht und seine Ehe gefährdet hätte. Es war ja unübersehbar, dass Audrey die mit Abstand attraktivste Polizistin in seinem Revier und höchstwahrscheinlich in ganz London war. Die Kommentare seiner männlichen Kollegen, die er fast täglich im Umkleideraum hören durfte, ließen darauf schließen, dass Audrey die meisten seiner jüngeren Kollegen eiskalt abblitzen ließ. Sie beneideten ihn ganz offen, dass er mit ihr zusammen arbeiten durfte. Und das sollte auch noch lange so bleiben, wenn es nach Hunter ging. Dafür müsste er jetzt nur beide Augen zudrücken.

25. September

Peter Miller bewegte sich wenige Minuten nach Mitternacht in Richtung *PoD*. In diesem Club war er bereits vor einigen Wochen gewesen, nachdem er vom Tod seines Bruder erfahren hatte und dieser ihm die kryptische SMS mit dem Wortlaut „*Princess of Darkness*, größter Spaß, wo gibt", gesendet hatte. Vor dem Eingang erblickte er wieder die einladende Figur der Vampirlady. Sie trug einen roten Bikini, der kaum mehr als die Brustwarzen verbarg. In der Hand hielt die Figur ein riesiges Breitschwert und aus ihrem Mund ragten mit künstlichem Blut verschmierte Fangzähne hervor. Nachdem er sich an den Türstehern, die einen ziemlich furchterregenden Eindruck hinterließen, vorbeigekämpft hatte, betrat er den Club. Er war diesmal gut gefüllt, ließ aber noch etwas Spielraum, um sich bewegen zu können. Peter blickte sich um und erkannte Molly, die er schon bei seinem letzten Besuch getroffen hatte und ihn so stark an die Vampirlady vor dem Eingang erinnerte. Sie trug diesmal ein hautenges rotes Kleid und dazu kniehohe schwarze Stiefel. Der Ausschnitt ihres Kleides gestattete einen tiefen Blick auf ihren großen Busen. Ihre langen, gewellten roten Haare komplettierten den faszinierenden Eindruck, den Molly ausstrahlte. Diesmal würde er vielleicht ihrer männermordenden Anziehungskraft nicht so einfach wiederstehen können, dachte Peter und ging zu ihr.

„Hallo, Molly. Erinnerst du dich an mich?"

„Sicher, du bist doch der Schotte, dessen Bruder umgebracht wurde. Hat die Polizei den Täter endlich erwischt?"

„Leider noch nicht. Deswegen bin ich wieder hier. Meine liebe Frau wurde auch getötet und es gibt immerhin einen Tatverdächtigen. Und dieser Killer ist hier anscheinend Stammgast. Daher schaue ich mich die nächsten Nächte im Club um und hoffe, er taucht auf."

„Tut mir furchtbar leid mit deiner Frau. Ist das aber nicht trotzdem zu gefährlich, einen Mörder zu jagen?"

„Das ist mir total egal. Ich will diesen Bastard hinter Gittern sehen."

„Kann ich verstehen."

„Kennst du ihn vielleicht?" Peter zeigte Molly ein Bild von Vladimir.

„Ne, kenne ich nicht", antwortete Molly fast zu schnell, als dass ihre Worte der vollen Wahrheit entsprechen könnten.

„Bist du sicher? Ich dachte, du bist häufiger im *PoD*. Dann müsstest du ihn doch schon mal gesehen haben."

„Kann sein, aber ich habe bestimmt noch niemals mit ihm geredet. Und wenn das ein Killer ist, möchte ich das in Zukunft auch nicht tun." Molly wusste natürlich, wer und was Vladimir war, aber Auskunft über einen Vampir würde sie sicher niemanden geben und schon gar nicht diesem rachsüchtigen Schotten. Sie war ja nicht lebensmüde. Solange sie Catherine dienen konnte, war sie zufrieden mit ihrer Beziehung zu Vampiren. Von der *Princess of Darkness* als Anhängsel auserwählt zu sein, hatte ja durchaus ihr Gutes. Molly stand nämlich unter ihrem Schutz, zumindest gegenüber Menschen. Und außerdem durfte sie gelegentlich Vampirblut trinken und sich mit männlichen Vampiren im Bett vergnügen. Besonderes Vergnügen hatten ihr die beiden leidenschaftlichen Nächte mit Catherines Bruder Johnny bereitet. Der hatte aber wohl mittlerweile die Stadt verlassen. Zumindest war er schon länger nicht mehr im *PoD* aufgetaucht und hatte sich nicht mehr bei ihr gemeldet. Schade, dachte sie noch, ehe sie sich von dem Schotten verabschiedete. „Viel Glück bei der Suche nach dem Killer. Ich gehe jetzt nach Hause. Bis bald mal wieder."

Peter blickte Molly enttäuscht hinterher. Er wurde das Gefühl nicht los, dass Vladimir ihr nicht gänzlich unbekannt war. Aber er konnte sie auch verstehen. Sollte nämlich Vladimir tatsächlich der Serienkiller sein, wäre jede Person, die ihn verraten würde, in akuter Lebensgefahr. Er holte sich eine Flasche *Heineken* von der Theke und setzte sich an einen Tisch, von dem er den Eingang überblicken konnte. Noch hatte er die Hoffnung nicht völlig aufgegeben, Vladimir zu entdecken. Da er ihn nicht persönlich kannte, musste Peter davon ausgehen, dass Vladimir nur einen Auftragskiller und nicht den Auftraggeber verkörperte. Aber wer steckte dann hinter diesem ganzen Wahnsinn? Peter konnte sich einfach keinen Reim darauf machen. Wer konnte ihn nur so sehr hassen?

„He, Mister. Warten Sie auf jemanden oder warum starren Sie seit zehn Minuten auf den Eingang?" Carl

Decker sah es überhaupt nicht gern, wenn in seinem Club jemand rumschnüffelte.

„Yep, ich warte auf einen Kumpel. Er heißt Vladimir." Peter versuchte diesmal eine andere Karte auszuspielen. Nach der negativen Erfahrung, die er mit Molly gemacht hatte, würde er niemanden mehr auf die Nase binden, dass er einen Serienkiller sucht. Dies würde nur die Angst der Leute entfachen.

„Aha, ich dachte schon, Sie sind ein Bulle. Habe Sie hier noch nie gesehen." Das stimmte nicht ganz. Carl wusste nur zu gut, um wen es sich bei Peter handelte. Der Bruder des Schotten war ja von Catherine getötet worden und er hatte vor einigen Wochen im *PoD* schon eine Reihe von Gästen mit Fragen gelöchert. Das war nicht gut fürs Geschäft. Er konnte ihn aber auch nicht vor die Tür setzen, das sähe nur noch verdächtiger aus. Der Schotte hatte bestimmt Kontakt zur Polizei gesucht. Vielleicht hatte ihn Hunter sogar in den Club geschickt, um hier Unruhe zu stiften. Daher sagte Carl nur: „Na dann viel Spaß beim Warten und trinken Sie noch ein paar Flaschen Bier. Wir sind hier schließlich keine Wartehalle."

Nach zwei Stunden und drei weiteren Flaschen *Heineken* beschloss Peter den Club zu verlassen und noch ein bisschen durch die Straßen von Soho zu spazieren, bevor er wieder ins Hotel zurückkehren würde. Es war ein sehr warmer und trockener Tag gewesen und auch um halb drei nachts war es immer noch sehr angenehm, um sich draußen zu bewegen. Vor den Nachtclubs und Bars standen die Leute mit ihren Gläsern und rauchten. Auch in London gab es kaum noch Orte, wo man unterm Dach rauchen durfte. Für ihn als Nichtraucher war das keine große Umstellung gewesen und er genoss die bessere Luft, die seit dem totalen Rauchverbot in den meisten geschlossenen öffentlichen Räumen herrschte.

Catherine wartete bis Peter das *PoD* verlassen hatte und begab sich zu Carl Decker, der überrascht schien, Catherine zu sehen.

„Hi, Carl. Was gibt es Neues?"

„Hey, Catherine. Freue mich dich zu sehen. Wir sind leider schon wieder im Fokus der Polizei. Diesmal gilt Vladimir als Tatverdächtiger. Ich fürchte, der Club wird die nächsten Wochen gründlich überwacht werden."

„Dann sorg dafür, dass hier in der nächsten Zeit nichts Besonderes passiert. Ansonsten mache ich dich dafür persönlich verantwortlich und reiße dir den Kopf von den Schultern. Kapierst du das?"

„Natürlich. Dann solltest du deinen Untertanen aber am besten verklickern, dass sie keinen Blödsinn im Club und in dessen Nähe verzapfen und sich unauffällig verhalten."

„Das werde ich tun. Ich wollte nur kurz vorbeischauen. Bin morgen Nacht wieder da."

„Ok, wir sehen uns dann."

Es war zwar schon fast drei Uhr nachts, aber sie wollte vor dem Sonnenaufgang auf alle Fälle noch bei Audrey vorbeischauen und ihr ein bisschen die Angst vor der Zukunft nehmen. Es war für sie als Sterbliche natürlich nicht einfach, mit Vampiren zu verkehren und um ihr Leben fürchten zu müssen. Die schlimme Entführung nach New York und die Mordermittlungen gegen ihren Leibwächter Vladimir hatten die Situation noch einmal extrem verschärft. Aber der Tod von Menschen gehörte nun einmal zum Alltag der Vampire dazu. Daran würde sich Audrey wohl oder übel gewöhnen müssen.

Vor dem Haus, in dem die Polizistin wohnte, entdeckte Catherine einen roten Toyota Prius, in dem hinter dem Steuer eine Person saß, die einen Becher – wahrscheinlich mit Kaffee gefüllt – in der Hand hielt. Ganz offensichtlich wurde Audrey tatsächlich von der Polizei beschattet. Sie erhofften sich vermutlich, dass Vladimir bei ihr zu Hause auftauchen würde. Da Catherine vor einigen Wochen selbst noch eine Tatverdächtige gewesen war, durfte sie ebenfalls nicht in der Nähe von Audreys Wohnung gesehen werden. Zum Glück gab es in der Straße keine Überwachungskameras. Daher schritt sie schnell auf den Toyota zu und unterzog dem Fahrer einer Gedankenmanipulation, damit dieser keine Erinnerung an diese Nacht haben und somit Audrey keine weiteren Schwierigkeiten bereiten würde. Nachdem sie sich um den Polizisten gekümmert hatte, blickte sie sich noch kurz um, ob weitere Menschen zu sehen waren. Dies war nicht der Fall, so dass sie sich gefahrlos zu Audrey begeben konnte. Diese wälzte sich schweißgebadet in ihrem Bett hin und her. Sie wurde offensichtlich wieder von schlimmen Albträumen geplagt. Seitdem sie mit Vladimir in Verbindung gebracht worden war und Catherine ihr gesagt hatte, dass sie sich weiterhin in großer Gefahr befand, ging es Audrey richtig schlecht. Catherine schaute eine Weile traurig auf ihre Freundin herunter, bevor sie sie sanft an den Schultern packte und sie aufweckte. Audrey blickte verdutzt auf den Vampir, ehe sie erkannte, dass sie nicht mehr träumte.

„Hey, Audrey", wurde sie von Catherine begrüßt. „Wie geht es dir?"

„Was denkst du denn? Ich fühle mich elend und habe schreckliche Angst."

„Das brauchst du nicht. Jetzt bin ich ja bei dir und morgen besuche ich dich wieder. Außerdem wird dich Cornelius im Auge behalten, solange ich bei der Ratsversammlung bin. Dir wird nichts passieren. Ganz sicher, Audrey."

„Aber was ist mit meinem Job? Was geschieht, wenn Vladimir doch noch gefasst wird? Dann bin ich am Arsch."

„Er hat London verlassen und darf leider erst in einigen Jahrzehnten wieder in unsere Stadt zurückkehren. Mach dir deswegen keine Sorgen. Er wird einen anderen Ort finden, wo er die nächsten Jahrzehnte verbringen kann."

„Ich hoffe, du hast Recht. Wenn mein Chef nicht die Hand über mich halten würde, wäre meine Karriere bei der Polizei vermutlich jetzt schon vorbei. Ich denke, er wird mir auch in Zukunft keine Probleme bereiten, wenn nicht noch etwas passiert, was mich belasten würde. Es gibt aber noch einen Detective, der mich auf dem Überwachungsvideo gesehen hat. Bei ihm bin ich mir nicht so sicher, ob er den Mund halten wird. Er hat ein großes Plappermaul."

„Ich kümmere mich darum."

„Du willst ihn doch nicht etwa töten, oder?", fragte Audrey entsetzt.

„Natürlich nicht, ich werde nur seine Gedanken manipulieren. Das sollte ausreichen, um dich zu schützen. Für wen hältst du mich? Ich bin doch kein Monster."

„Tut mir leid. Aber nach der Sache mit Vladimir weiß ich nicht, was ich von euch Vampiren halten soll. Es ist nicht einfach für mich, euer Wesen zu verstehen. Du weißt, dass ich dich liebe, aber deine mörderische Seite macht mir nach wie vor Angst."

„Ich lasse dich jetzt noch ein bisschen schlafen und wache bis zum Sonnenaufgang über dich. Morgen Nacht komme ich wieder und wir werden uns bis zur Besinnungslosigkeit lieben, Audrey. Und dann nehme ich mir etwas von deinem roten Lebenssaft und du darfst von meinem magischen Blut trinken. Das wird unsere Verbindung weiter stärken. Schlaf jetzt."

Audrey nickte tatsächlich kurze Zeit später ein. Solange Catherine an ihrem Bett saß, fühlte sie sich halbwegs sicher und nächste Nacht würde sie etwas von Catherines Vampirblut naschen dürfen. Endlich! Darauf freute sie sich.

Cole hatte seine Bemühungen um die schwankenden Ratsmitglieder mittlerweile komplett eingestellt. Er konnte sich vier Stimmen – neben seiner eigenen – sicher sein. Es fehlte also immer noch eine Stimme.

Catherine würde nach seiner Einschätzung ebenfalls auf fünf Stimmen, inklusive ihrer eigenen, kommen. Damit stünde es Unentschieden. Sollte das letzte unentschlossene Ratsmitglied sich enthalten, würde es zum Schwertkampf zwischen ihm und Catherine kommen. Cole hielt sich zwar für einen sehr guten Fighter, hatte aber über Catherines Fähigkeiten zu kämpfen wahre Wunderdinge gehört. Von daher könnte er auf einen Kampf getrost verzichten. Es musste noch einen anderen Weg geben, den Thron zu besteigen. Viel Zeit blieb ihm nicht mehr, eine Alternative zu finden. Er wüsste zu gern, welchen Plan Catherine ausgeheckt hatte. Vielleicht würde sie voll und ganz auf den Schwertkampf setzen. Sie hatte ihn schließlich von Sangus gelernt und dieser galt als Großmeister des Kampfes mit der Klinge.

26. September

Audrey schritt total nervös in ihrer kleinen Zwei-Zimmer-Wohnung auf und ab; das schimmernde Licht des hellen Mondes durchflutete die Räume. Sie trug ein weißes T-Shirt mit dem Aufdruck ihrer Band *Dark Lady* und einen dunkelblauen Jeansrock. Sie sehnte sich so sehr nach Catherines Zärtlichkeit. Dabei gingen ihr eine ganze Reihe von Gedanken durch den Kopf: War Catherine denn wirklich in sie verliebt? Warum war sie dann noch nicht hier? Bekäme sie heute Vampirblut zum Trinken? Wie würde es schmecken? Machte es sie vielleicht sogar high? Ihre Hand schlug vor Ungeduld leicht gegen den Türrahmen des Schlafzimmers. Sie zog sich das T-Shirt über den Kopf, öffnete den BH-Verschluss und entledigte sich des Jeansrocks und der Unterwäsche. Sie legte sich auf das Bett und berührte sich selbst, war aber nicht in der Lage ihre Lust zu befriedigen. Sie schaute frustriert aus dem Fenster. Sie strich mit ihren Fingerspitzen über ihre vollen, roten Lippen und stellte sich dabei Catherines fordernden und hungrigen Kuss vor. Da klingelte es an der Tür. Audrey warf sich einen Bademantel über und ließ Catherine in die Wohnung. Audrey lächelte vor Glück, als sie Catherine erblickte. Sie zitterte heftig, wie ein Süchtiger vor einem Schuss. Catherine nahm Audrey in die starken Arme, glitt mit dem Daumen besitzgierig über ihre vollen, roten Lippen, bevor sich endlich ihre Lippen trafen. Audrey stöhnte, ihr Kopf legte sich zurück vor Lust und sie hörte ein ungeduldiges Knurren, als Catherines Hände den Bademantel öffneten und ihre Brustwarzen fanden, die schon ganz hart waren. Audrey keuchte wieder vor Lust und rollte ihren Kopf auf die Seite; bot ihren Hals an, um endlich von Catherine gebissen zu werden. Der Vampir senkte den Kopf und glitt mit den weit ausgefahrenen Fangzähnen in Audreys Haut. Es dauerte nur einen Moment, bis sich der Mund mit dem süßen Blut füllte. Catherine stöhnte erregt, als das warme Blut ihren kalten Körper herunterglitt. Sie nahm noch einen weiteren Mund voll und benötigte ihren eisernen Willen, um von Audrey abzulassen. Sie durfte nicht zu viel vom Blut ihrer Freundin trinken, damit nicht versehentlich ein Unglück geschah und sie Audrey umbrachte. Der Speichel von Vampiren enthielt einige Spuren von schmerzbetäubenden Substanzen und auch ein Heilmittel, welches bei einem kontrollierten Biss wirkte. Daher spürte Audrey auch fast keine Schmerzen. Es fühlte sich eher so an wie kleine Nadelstiche. Nur wenn ein Vampir größere Risse im menschlichen Fleisch verursachte, wäre es kaum zu ertragen.

„Es geht mir gut, Catherine", flüsterte die Polizistin und zog den Vampir wieder zu sich heran und stöhnte noch einmal.

Der Geschmack des Blutes war immer noch frisch in Catherines Mund, als sie nach Audreys Kinn griff und sie erneut küsste. Anschließend schlitzte sich Catherine mit einem Messer das eigene Handgelenk auf und führte die klaffende Wunde in Richtung Audreys Lippen. Diese saugte daran und nahm zum ersten Mal Catherines magisches Vampirblut gierig in sich auf. Die Wirkung ließ nicht lange auf sich warten und die Polizistin geriet in noch nie gefühlte Ekstase. Sie überkam ein Gefühl, wie sie es sich selbst in ihren kühnsten Träumen nicht hätte vorstellen können. Als seien all ihre Sinne quicklebendig und aufs Höchste angeregt. Bis zum Sonnenaufgang ließen sie ihrer unstillbaren Lust freien Lauf, bevor sich Catherine schweren Herzens von Audrey löste und sich von ihr verabschiedete. Solch eine Nacht der Verbundenheit mit der jungen Polizistin hatte Catherine dringend gebraucht. So kurz vor ihrer Reise in die ungewisse Zukunft.

Die folgende Nacht würde wohl endgültig darüber entscheiden, ob sie zum Oberhaupt aller Vampire ernannt würde. Falls diese aber nicht nach ihren Wünschen verlief und sie gegebenenfalls im Schwertkampf von Cole besiegt würde, könnte dies ein endgültiger Abschied von Audrey gewesen sein. Ihre düsteren Gedanken behielt sie aber für sich. Sie wollte Audrey nicht unnötig ängstigen. Sollte sie allerdings zur Anführerin der Vampirliga gewählt werden, würde sie Audrey schon bald wiedersehen und anschließend so schnell wie möglich zum Vampir machen. Als Mensch könnte die Polizistin nicht auf Dauer geschützt werden. Denn auch als Königin würde Catherine einige Feinde besitzen, die Audrey in Gefahr bringen könnten. Sie hoffte inständig, dass sie dies der jungen Polizistin klarmachen konnte und sie sich freiwillig umwandeln ließ. Die Alternative wollte sie sich lieber nicht vorstellen.

Die Erinnerung an die letzte Nacht flutete durch Audreys Gedanken. Sie spürte, dass ihr die Röte in die Wangen stieg, und begrub ihr Gesicht im Kissen, um nicht vor Freude laut loszulachen. Sie befand sich nach wie vor in einem noch nie gekannten euphorisierten Zustand. Sie quälte sich aus dem Bett und begab sich ins Badezimmer. Dort entdeckte Audrey im Spiegel die kleinen Wundmale, die ihr Catherine in der letzten Nacht zugefügt hatte. Mit etwas Make-up und einem modischen Tuch um den Hals konnte sie die kleinen Bissmale aber leicht verdecken. Auch die letzte wundervolle Nacht musste ihr Geheimnis bleiben, wohl für immer und alle Zeiten. Niemals dürfte ein Mensch davon erfahren, dass sie von einem Vampir gebissen worden war und sie Vampirblut getrunken hatte. Sie fand es traurig, dass sie ihre erregenden Erfahrungen mit Vampiren mit niemandem teilen konnte. Vielleicht würde sie sich aber mal bei Laura Gibbins melden und sich mit ihr austauschen. Sie war ja ein Anhängsel von Catherine und somit war ihr die Existenz von Vampiren bekannt. Etwas später als üblich machte sie sich dann auf den Weg zur Arbeit. Hunter erblickte sie kurz nach ihrem Erscheinen im Büro und rief sie zu sich.

„Guten Morgen, Detective Weaver. Auch schon ausgeschlafen? Ich möchte, dass Sie gleich an einer sehr wichtigen Vernehmung teilnehmen. Eigentlich wollte ich Sie ja aus dem Fall Miller und Freunde heraushalten, aber wir haben heute eine ganze Reihe an Krankmeldungen, so dass wir unterbesetzt sind."

„Kein Problem, Inspector. Wen haben Sie denn vorgeladen?" Noch sprühte Audrey vor Elan.

„Carl Decker, den Eigentümer vom *Princess of Darkness*. Ich nehme Sie mit in die Befragung, weil ich ihn persönlich kenne und den Eindruck möglicher Mauscheleien vermeiden möchte."

Audrey erschrak. Gerade, als sie gedacht hatte, dass es nicht mehr viel schlimmer kommen konnte, würde jetzt ein weiterer Verdächtiger, den sie persönlich kannte, von ihrem Chef verhört werden. Carl Decker hatte sie ja erst vor einigen Tagen zusammen mit Vladimir im *PoD* und zuvor schon mehrmals mit Catherine gesehen. Wenn er dies Hunter mitteilte, wäre sie endgültig verloren. Denn vom *PoD* hatte sie ihrem Boss nichts erzählt, sondern nur von der Nacht im *Moonlightclub*. Ihre enge Verbindung zum *Princess of Darkness* und damit auch zu Catherine hatte sie nicht an die große Glocke hängen wollen. Denn außer Catherine sowie ihre beiden Anhängsel Molly und Laura, ahnte dort niemand, dass sie als Polizistin arbeitete. Seit einigen Tagen wusste natürlich auch noch Vladimir Bescheid, aber der hatte London ja schlagartig verlassen. Jetzt würde auch noch dieser schleimige Decker mitbekommen, dass sie bei der Londoner Mordkommission ihren Dienst tat. Das würde Catherine bestimmt nicht gefallen. Eine Beziehung zwischen einem Vampir und einem Detective der Mordkommission dürfte eher die Ausnahme sein.

„Was wollen Sie denn noch von ihm wissen, Chef? Ich dachte, Sie haben ihn bereits vor einigen Tagen intensiv befragt."

„Das stimmt. Aber die Vernehmung fand statt, bevor Sie mit Vladimir in Soho unterwegs waren. Ich vermute sehr stark, Decker hat dem Mörder verraten, dass wir ihm dicht auf den Fersen sind."

Das würde tatsächlich Sinn machen, dachte Audrey. Warum war sie nicht selbst auf diesen Gedanken gekommen? Nachdem Vladimir mit dem Clubbesitzer gesprochen hatte, haben sie den Club zusammen verlassen, da der Vampir eine konkrete Gefahr befürchtete. Sie dachte damals, dass sie selbst in Gefahr gewesen war, aber der Blutsauger hatte nur seine eigene Haut retten wollen. Was für eine Sauerei. Gerade wollte Sie ihrem Chef sagen, dass er doch besser jemand anderen in die Vernehmung mitnehmen solle, da wurde Carl Decker bereits hereingeführt, und er hatte Audrey sofort entdeckt. Verdammter Mist, dachte Audrey besorgt.

„Mensch, George", rief Decker dem Inspector entgegen. „Ist das denn wirklich nötig, dass du mich hierher zitierst? Ich bin kein Schwerverbrecher."

„Lass uns gleich in den Vernehmungsraum gehen und die Sache schnell hinter uns bringen, Carl. Du kannst dir sicher vorstellen, dass das auch für mich nicht angenehm ist." Audrey blieb keine andere Möglichkeit, als sich den beiden anzuschließen. Sie geriet gehörig ins schwitzen. Sollte nun ihre engere Verbindung zu Vladimir und Catherine auffliegen?

„Darf ich dir Detective Audrey Weaver vorstellen, Carl. Sie wird der Befragung beiwohnen und sie protokollieren." Decker nickte Audrey nur kurz zu und zeigte keinerlei Zeichen des Wiedererkennens. Was für ein guter Schauspieler, bemerkte Audrey.

„Also, mein Freund. Jetzt erzähl mal, was du über diesen gottverdammten Vladimir wirklich weißt. Ich glaube dir nicht, dass er so rein gar nichts über sich erzählt hat. Wenn du jetzt nicht endlich auspackst, werde ich meine Leute solange in deinen Club schicken und die Gäste befragen lassen, bis niemand mehr einen Fuß ins *PoD* setzt. Willst du das wirklich?"

„Schon gut. Ich habe mich selbst umgehört und kann dir mitteilen, wo Vladimir zumindest vor einiger Zeit gewohnt hat, nämlich in Chelsea. Ich kann aber nicht mit Bestimmtheit sagen, ob er dort immer noch lebt."

„Das ist doch schon mal ein guter Anfang. Schreib bitte die Adresse auf. Ich werde dann sofort einen Streifenwagen hinschicken."

„Ok. Mehr kann ich wirklich nicht sagen, George."

„Wir überprüfen erstmal die Adresse. Solange bleibst du in Gewahrsam. Weaver bringt dich in eine Verwahrzelle." Daraufhin verließ Hunter mit leichter Hoffnung den Vernehmungsraum und ließ Audrey mit Decker allein zurück.

„Sie sind bei den Bullen, Blondie? Das hätte ich niemals vermutet."

„Wie Sie sehen können. Wenn Sie meinem Chef erzählen, dass Sie mich mit Vladimir im *PoD* gesehen haben, schicke ich Ihnen Catherine auf den Hals. Und nennen Sie mich niemals wieder Blondie. Haben Sie das kapiert?" Das war zwar nur eine leere

Drohung von Audrey gewesen, aber das konnte Carl Decker ja nicht wissen. Natürlich würde Catherine von ihr auf keinen Menschen gehetzt, so widerlich dieser auch wäre.

„Klar wie Kloßbrühe. Aber Sie sorgen dafür, dass ich hier so schnell wie möglich rauskomme. Sonst erzähle ich dem Inspector von ihrer Verbindung zu Vampiren. Und damit meine ich nicht nur Vladimir, sondern auch Catherine. Ich würde sagen, wir haben ein klares Patt."

„Stehen Sie auf, Mistkerl. Als ob Hunter Ihnen Glauben schenken würde, wenn von Vampiren die Rede ist. Sie gehen jetzt in die Verwahrzelle. Was ist denn mit der Adresse, die Sie meinem Chef in die Hand gedrückt haben. Gehört die wirklich zu Vladimir?"

„Natürlich nicht. Für wie blöd halten Sie mich eigentlich? Das ist eine Wohnung, die Catherine für solche Fälle eingerichtet hat. Die ist nicht bewohnt."

„Ok, wir sehen uns dann später." Audrey war erleichtert, dass Decker Vladimir nicht an Hunter ausgeliefert hatte. So bestand noch ein Fünkchen Hoffnung, dass er sie auch nicht verriet. Trotzdem wurde die Luft für sie immer dünner. Vielleicht sollte sie über ihre Fluchtpläne nachdenken, die sie vor kurzem angestellt hatte, als Catherine eine Tatverdächtige gewesen war. Die Karibik stand da ganz oben auf ihrer Liste.

Eine Stunde später erstatteten die beiden Beamten, die Hunter zu der potenziellen Wohnung von Vladimir geschickt hatte, einen Lagebericht.

„Die Wohnung scheint schon seit einiger Zeit unbewohnt, Sir. Wir konnten dort keinen einzigen Hinweis auf unseren Tatverdächtigen finden."

„Ok, Jungs. Danke", erwiderte ein frustrierter Inspector. Es wäre auch zu schön gewesen. Dieser Fall machte keine entscheidenden Fortschritte. Sie wussten schon seit mehreren Tagen, wie der Täter aussieht, konnten ihm aber trotzdem weder einen vollständigen Namen noch eine Anschrift oder Arbeitsplatz zuweisen. Sie wussten praktisch nichts über den Killer. Und die beiden Personen, die etwas wissen mussten, erzählten nichts von Bedeutung. Er würde später noch einmal mit Decker und ebenfalls mit Weaver reden müssen. Der Polizeipräsident saß ihm auch mal wieder gehörig im Nacken, was Hunters Laune weiter verschlechterte.

Ihm war allerdings nicht entgangen, dass seine Partnerin bei Carls Befragung ziemlich ins Schwitzen geraten war, als ob sie erwartete, dass Decker sie in Schwierigkeiten bringen könnte. Er wurde einfach nicht mehr schlau aus Weaver. Hoffentlich machte er keinen schlimmen Fehler, in dem er seine schützende Hand auf sie legte. Komischerweise hatte auch Roseberry nicht weiter nachgefragt, was er mit dem Video machen würde. Sein Hinweis auf eine verdeckte Ermittlung hatte der Detective sicher nicht für bare Münze genommen. Voraussichtlich wollte er Audrey ebenfalls nicht schaden. Der Zusammenhalt bei der Londoner Polizei galt ohnehin als legendär. Und einen Kollegen anzuschwärzen, kam fast schon einem schweren Vergehen gleich. Solch einem Polizisten würde niemand mehr vertrauen. Und hatte nicht jeder schon mal Kontakt zu einem Verbrecher gehabt, ohne dies zu wissen? Weaver hatte wahrscheinlich einfach nur Pech gehabt. Sie sollte sich lieber einen festen Freund zulegen, den sie auf Herz und Nieren abklopfen konnte. Dann würden sich keine bösen Überraschungen im Londoner Nachtleben mehr ergeben.

Audrey war froh, als die nahe Turmuhr endlich sieben Uhr schlug und sie nach Hause gehen konnte. Sie würde sich erst einmal ein heißes Schaumbad einlassen und relaxen. In dieser Nacht würde sie allein bleiben. Catherine war nach Malta zur Ratsversammlung gereist und Vladimir, den sie gerade erst ins Herz geschlossen hatte, stand ihr auch nicht mehr zur Seite. Catherine hatte Cornelius, den Audrey vor einigen Tagen in der *Fabric* kurz getroffen hatte, als Bewacher eingeteilt. Er sollte allerdings nur beobachten und keinen direkten Kontakt zu Audrey suchen. Sie fragte sich unterdessen, wohin Vladimir verschwunden ist. Nach dreißig Jahren in London würde ein Abschied von der großartigsten aller Städte sicher unheimlich schwer fallen. Sie wunderte sich, warum sie Vladimir in ihre Gedanken ließ und sich sogar ein bisschen um ihn sorgte. Sie hatte doch die grauenhaften Bilder der Frauen gesehen, die er getötet hatte. Und so etwas konnte sie nicht tolerieren. Es war eine Sache, einem Menschen zur Nahrungsaufnahme Blut abzusaugen, aber ohne erkennbaren Grund zwei junge Frauen abzuschlachten, war ein ganz anderes Kaliber. Aber die beiden Nächte, die sie zusammen verbracht hatten, waren die coolsten Stunden seit längerer Zeit gewesen. Die Zeit mit Catherine war natürlich von großer Leidenschaft geprägt, aber auch immer mit ein bisschen Sorge verbunden, was die Zukunft bringen würde. Mit Vladimir hatte sie einfach nur Spaß gehabt, ohne sich über eine gemeinsame Zukunft Gedanken machen zu müssen. Sie würde Catherine nach dem neuen Zufluchtsort von Vladimir fragen. Vielleicht könnte sie ja sich noch einmal mit ihm treffen, sobald ihr selbst keine Gefahr mehr drohte. Ihr war nicht ganz klar, ob Catherine engeren Kontakt zu anderen Vampiren dulden würde. Darüber hatten sie noch nicht gesprochen. Aber da es sich bei Vladimir um einen männlichen Vampir handelte und sie selbst ja auf Frauen stand, sollte Catherine eigentlich nichts dagegen haben, hoffte sie.

Sie gestand sich aber schweren Herzens ein, dass eine männliche Begleitung bei ihren zahlreichen Freizeitaktivitäten in den letzten Monaten gefehlt hatte. Sie liebte Catherine über alles, aber in der Öffentlichkeit fiel ihr der Kontakt zu Männern deutlich leichter als zu Frauen. Dies hing auch damit zusammen, dass sie auf keinen Fall ihre lesbischen Neigungen öffentlich machen würde. Dies führte selbst in der heutigen aufgeklärteren Gesellschaft immer noch zu einer Reihe von Problemen. Schluss jetzt mit den trüben Gedanken, dachte sie. Wenn auf Malta alles gut lief, dann käme Catherine in einigen Tagen als *Königin der Finsternis* zurück. Sie hoffte, dass sich dann der Stress der letzten Wochen legen würde und sie mit Catherine mal einen längeren Urlaub außerhalb von England verbringen könnte. Vielleicht ja sogar in Transsilvanien, wo der Hauptsitz für das Oberhaupt aller Vampire gelegen war. Zumindest ein verlängertes Wochenende sollte doch bald mal möglich sein.

Kurz nach Sonnenuntergang klingelte es an Audreys Wohnungstür. Sie stieg gerade aus der Badewanne und warf sich über den nackten Körper ihren weißen, flauschigen Kurzbademantel, der nur bis knapp oberhalb der Knie reichte. Ihre nassen Haare wickelte sie in ein Handtuch. Sie ging – leicht beunruhigt – zur Tür.

„Hallo, wer ist denn da?"

„Hier ist Cornelius. Catherine hat mich diese Nacht zu deinem Schutz eingeteilt. Es gibt ein ernstes Problem. Lass mich bitte rein."

Das gefiel Audrey ganz und gar nicht. Sie war Cornelius zwar bereits einmal über den Weg gelaufen, aber sie konnte nicht einschätzen, um welche Art von Vampir es sich bei ihm handelte. „Was gibt es denn?"

„Lass mich rein, ich werde verfolgt. Bitte."

Daraufhin öffnete Audrey die Wohnungstür und ließ den jungen Vampir herein. Er sah eher aus wie ein Teenager. Er musste in sehr jungen Jahren zum Vampir gemacht worden sein. Die Tür fiel ins Schloss, sobald Cornelius eingetreten war. Er blickte sich erst im Wohnzimmer um, ehe der Blick auf Audrey fiel. Sofort fuhren die Fangzähne aus und seine Augen schienen rote Funken zu sprühen.

Cornelius hatte offensichtlich seine Gefühle nicht so gut unter Kontrolle wie Vladimir. Audrey schrak zurück und bewegte sich Richtung Fenster. „Was ist denn mit dir los, Cornelius?", fragte sie leicht besorgt.

„Keine Angst", gab der Vampir von sich. „Bei deinem köstlichen Anblick können meine Zähne schon mal ausfahren. Aber du gehörst zu Catherine, und ich bin ja nur hier, um dich zu beschützen."

„Was ist denn nun los? Warum wolltest du in meine Wohnung kommen? Wer verfolgt dich?"

Statt eine verbale Antwort zu geben, bewegte sich Cornelius blitzschnell auf Audrey zu und schlug ihr äußerst brutal ins Gesicht. Dieser Schlag reichte aus, um die Polizistin in die Bewusstlosigkeit gleiten zu lassen. Einige Minuten später wachte sie auf. Sie schmeckte ihr Blut an der aufgeplatzten Lippe und konnte sich nicht bewegen. Sie war an einem ihrer Stühle gefesselt. Außerdem war sie vollkommen nackt. Den Bademantel und das Handtuch hatte ihr Cornelius offensichtlich vom Körper gerissen. Das konnte doch nicht wahr sein. Sollte das etwa ihr Ende sein, dachte sie verzweifelt. Nur zwei Meter entfernt stand Cornelius mit einem Smartphone in der Hand. Er filmte sie. Was sollte das denn, überlegte Audrey angewidert. Warum wurde sie zuerst gefesselt und dann gefilmt? Für wen war die Aufnahme gedacht? War das nur ein perverses Vampirspiel oder steckte mehr dahinter?

„Na, wieder munter, meine Hübsche?" Cornelius lächelte diabolisch.

„Warum bin ich gefesselt? Was habe ich dir denn getan?"

„Rein gar nichts, meine Süße. Aber ich habe den Auftrag direkt vom zukünftigen König erhalten. Du wirst verstehen, dass ich da nicht ablehnen konnte. Nimm es nicht persönlich."

„Wie soll ich das nicht persönlich nehmen? Wenn Catherine herausfindet, dass du mich geschlagen und gefesselt hast, wird sie dich auseinander nehmen. Also, lass mich bitte sofort frei. Dann erzähle ich ihr keine Silbe und du hast nichts zu befürchten." Die Hoffnung der Polizistin hielt sich allerdings in engen Grenzen. Wenn Cole den Auftrag erteilt haben sollte, würde Cornelius eine Drohung von ihr nicht sehr ernst nehmen.

Er grinste hämisch und schüttelte den Kopf. Seine Augen wirkten kalt und ausdruckslos wie die eines Hais. Audrey musste sich zusammen nehmen, damit sie keinen Weinkrampf bekam. Diese Genugtuung wollte sie dem jungen Vampir nicht geben. Cornelius fingerte weiter an seinem Smartphone herum und schickte das Video und eine Textnachricht an einen der möglichen Thronfolger nach Malta.

Eine Stunde vor Mitternacht stieg die Nervosität bei Catherine fast aufs Unerträgliche an. Um kurz nach zwölf würde die Ratsversammlung, die über ihre Zukunft entschied, beginnen. Sie versuchte ihre Gedanken zu bündeln und zum wahrscheinlich hundertsten Mal ging sie im Geiste die folgende Abstimmung durch. Nach ihrer Auffassung würde der New Yorker Vampir fünf Stimmen erhalten und zwar von:

- Cole (New York)
- Demmus (Chicago)
- Paul (Berlin)
- Leonardo (Rom)
- Hayato (Tokio)

Sie selbst hatte auch fünf Stimmen auf sich vereinigt, wenn sie sich nicht allzu sehr täuschte. Ihre Befürworter waren:

- Catherine (London)
- Elisabeth (San Francisco)
- Lilou (Paris)
- Marius (Transsilvanien)
- Tian (Peking)

Die entscheidende Stimme hätte damit ein Vampir aus Russland. Dieser konnte weder Cole noch Catherine besonders gut leiden. Sein Name war Alexander. Sollte er sich der Stimme enthalten, würde die Thronfolge durch einen Schwertkampf entschieden. Catherine war kurz davor, sich zu übergeben, so groß war die Anspannung. So schlecht hatte sie sich seit Jahrhunderten nicht mehr gefühlt.

Zehn Minuten vor zwölf rief Catherine die eingegangenen Nachrichten auf ihrem Smartphone ab. Eine Videonachricht entstammte von einem unbekannten Absender. Sie öffnete das Video und traute ihren Augen nicht. Sie sah Audrey auf einem Stuhl gefesselt und mit Blut an der aufgeplatzten Lippe. Die Angst, die sich in den großen blauen Augen ihrer Freundin wiederspiegelte, machte sie wütend. Wer hatte es gewagt, die junge Polizistin zu verletzen und sie auch noch splitterfasernackt auf einem Stuhl zu fesseln? Sie schaute noch einmal in den Posteingang ihres Smartphones und sah eine neu eingegangene SMS, die offensichtlich vom gleichen Absender geschickt worden war. Der Text lautete: „Wir töten die Blondine, sobald du Königin geworden bist. Wenn du sie retten willst, zieh deine Kandidatur zurück und überlass Cole den Thron. Blutige Grüße aus London. Ha, Ha, Ha."

Catherine überlegte fieberhaft, wie sie darauf reagieren sollte. Müsste sie in der Ratsversammlung das Video und die SMS präsentieren oder lieber die Wahl einfach ganz normal laufen lassen? Seit fünfzig Jahren, als Sangus sie zum Oberhaupt der Londoner Vampire berufen hatte, strebte sie den Vorsitz der Vampirliga an. Und so kurz vor dem Ziel müsste sie eine Entscheidung treffen, die den Ausgang der Wahl entscheidend beeinflussen könnte. Sie würde nicht beweisen können, dass sich Audrey in der Gewalt von Coles Anhängern befand. Wenn sie dies in der Ratsversammlung behaupten würde, könnte man ihr eine schlimme Verleumdung vorwerfen. Im dümmsten Fall würde sich Alexander dann auf Coles Seite schlagen und diesen zum König machen. Vielleicht wäre es doch das Beste, die Abstimmung abzuwarten. Falls sie verlieren sollte, könnte sie das Video und die SMS immer noch präsentieren und die Wahl von Cole anfechten. Die dritte Möglichkeit wäre natürlich, auf den Thron freiwillig zu verzichten, wie dies in der Textnachricht gefordert wurde. Aber dies stand auf gar keinen Fall zur Debatte. Sie liebte Audrey. So sehr, wie man einen Menschen überhaupt nur lieben kann. Aber der Titel *Königin der Finsternis* bedeutete ihr alles. Außerdem gab es keine Gewähr dafür, dass Audrey am Leben blieb, wenn sie auf den Thron verzichten würde. Sie könnte sich ohrfeigen, dass sie den jungen Cornelius für Audreys Überwachung eingesetzt hatte. Er war der Aufgabe augenscheinlich nicht gewachsen gewesen. Vladimir hätte sicherlich kurzen Prozess mit den Angreifern gemacht. Sie würde den russischen Vampir in London vermissen. Auch wenn er mit Carl Decker Vampirblut verkauft hatte. Aber er teilte ihre Gier nach Menschenblut und das war schließlich das, was das Wesen eines Vampirs zu einem großen Teil ausmachte. Und im Gegensatz zu ihrem Bruder Johnny hatte er auch die beiden Frauen in Schottland getötet, ohne mit der Wimper zu zucken.

27. September

Nur wenige Minuten nach Mitternacht eröffnete Marius die Ratsversammlung der Vampirliga, die als einzigen Tagesordnungspunkt die Wahl von Sangus' Nachfolger aufwies. Marius leitete die Ratssitzungen seit mehr als fünfzig Jahren immer dann, wenn Sangus nicht anwesend war. Er gehörte eher dem sehr wortkargen Typ an. Der Vampir, der in Transsilvanien als Stellvertreter des Königs lebte, fand dann auch nur wenige einleitende Worte, bevor er die Abstimmung eröffnete. Neben den beiden Kandidaten und den übrigen neun Ratsmitgliedern, die an einem riesigen runden Tisch saßen, befanden sich noch elf weitere Vampire im Raum, die als Zeugen fungierten. Cole schien etwas überrascht zu sein, dass es so schnell losgehen sollte. Seine Miene wirkte ziemlich angespannt, während Catherines blutrote Lippen ein leichtes Lächeln umspielte, als Marius die Vorgehensweise erläuterte. Sie schien im Gegensatz zu Cole volle Zuversicht auszustrahlen. Aber die Zuversicht war nur gespielt, sie zitterte sogar ein wenig und wünschte sich eine schnelle Entscheidung herbei.

„Lasst uns nun mit der Abstimmung beginnen. Wir stimmen in umgekehrter Reihenfolge des Vornamens ab, basierend auf dem lateinischen Alphabet. Also beginnt Tian.“

Tian: „Catherine. Du wärst für mich eine würdige Nachfolgerin von Sangus. Viel Glück!!“
    Paul: „Cole. Du packst das.“

Marius: „Catherine. Sangus hat dich ja geschaffen und ausgebildet. Mehr geht nicht. Sangus hat auch sehr oft von dir positiv gesprochen."

Lilou: „Catherine. Wir wollen nun endlich einen weiblichen Führer haben. Die Zeit dafür ist reif."

Leonardo: „Cole."

Hayato: „Cole. Wir brauchen einen mächtigen König, der den Untertanen auch mal Angst einjagen kann, wenn es notwendig ist. Nichts für ungut, Catherine. Du bist sicher der stärkste weibliche Vampir, der jemals im Rat der Vampirliga gesessen hat. Aber noch ist die Zeit für einen weiblichen Anführer nicht gekommen. Vielleicht in hundert Jahren."

Elisabeth: „Cathy. Du bist die allergrößte unter uns. Du hast es verdient und ich verehre dich. Ist doch völliger Quatsch, dass wir keinen weiblichen Anführer bekommen dürfen. In welcher Zeit lebst du eigentlich, Hayato? Wir haben schließlich mittlerweile das einundzwanzigste Jahrhundert."

Demmus: „Cole. Tut mir leid, Catherine. Aber Cole ist mein Bruder. Du wärst sicher auch ein großartiges Oberhaupt, aber ich bin meiner Blutlinie verpflichtet."

Cole: „Für mich."

Catherine: „Natürlich stimme ich für mich selbst."

Damit stand es fünf zu fünf. Bisher hatte es keine wirkliche Überraschung gegeben. Alles hing jetzt – wie vorher schon vermutet – an Alexander. Die Spannung war förmlich zum Greifen nahe und man hätte eine Stecknadel fallen hören können. So ruhig war es urplötzlich geworden. Würde es eine Entscheidung geben oder würde der Schwertkampf zwischen den beiden Kandidaten notwendig werden, um das neue Oberhaupt zu bestimmen?

Einundzwanzig Augenpaare blickten voller Ungeduld auf den russischen Vampir, der eine stoische Miene aufgesetzt hatte, aus der rein gar nichts abzulesen war. Dieser begann gerade zu sprechen, als sein Smartphone anfing zu vibrieren. Bevor er den Namen seines Favoriten aussprach, blickte er auf den Absender der Textnachricht, die soeben eingetroffen war. Er zog die Augenbrauen hoch und sagte: „Einen kleinen Augenblick, verehrte Ratsmitglieder. Ich muss erst diese Nachricht lesen. Es geht dabei um Leben und Tod."

Catherine und Cole sahen sich verdutzt an und wussten nicht so recht, was sie von der Situation halten sollten. Machte sich der Russe einen Spaß aus der Wahl? Würde er sich der Stimme enthalten und damit das Todesurteil für einen von ihnen beiden besiegeln? Alexander lies die Textnachricht zweimal sorgfältig durch, blickte dann zu Catherine und Cole herüber und gab dann seine Entscheidung kund: „Catherine. Gratuliere, meine Königin."

Einen Moment herrschte noch einmal absolute Stille, dann brach ein lautes Jubelgeschrei unter Catherines Anhängern los. Die Vampirliga hatte einen neuen Anführer. Zum ersten Mal bestieg ein weiblicher Vampir den Thron und durfte sich von nun an *Königin der Finsternis* nennen. Catherine konnte ihr Glück kaum fassen, sie war endlich am Ziel ihrer Träume angelangt. Unter Cole und seinen

Anhängern herrschte verständlicherweise betretenes Schweigen. Niemand ahnte, warum Alexander letztendlich Catherine gewählt und sich nicht der Stimme enthalten oder Cole diese gegeben hatte.

Einige Minuten vor der Abstimmung auf Malta ereignete sich in Audreys Londoner Wohnung Dramatisches. Die Blicke von Cornelius wanderten permanent zwischen Audrey Weaver und seinem Smartphone hin und her. Er hatte sich kaum noch unter Kontrolle und würde am liebsten sofort über die blonde Frau herfallen und von ihrem süßen Blut naschen. Sein Durst musste gestillt werden. Aber er benötigte dafür das finale GO aus Malta. Plötzlich hörte er ein lautes Geräusch und er blickte sich erstaunt um. Vor ihm stand Vladimir, der die Wohnungstür aus den Angeln gehoben hatte. Dessen Augen sprühten vor Hass, als er sprach: „Du nichtsnutziger Teenager, was fällt dir ein, Hand an diese Frau zu legen? Dafür reiße ich dir deinen verdammten Schädel ab."

„Warte, Vladimir. Ich befolge doch nur Befehle." Cornelius wusste, dass er gegen den älteren Vampir nicht den Hauch einer Chance besaß, einen Kampf zu überleben.

„Von wem hast du die Befehle erhalten? Du stellst dich gegen Catherine?"

„Warte. Wenn du mich tötest, wird dich der neue König zerfleischen."

„Mach dich nicht lächerlich. Wir wissen bis jetzt noch nicht einmal, ob Cole oder Catherine den Thron besteigen wird. Die Abstimmung findet doch gerade erst statt. Und Catherine wäre mir unendlich dankbar, wenn ich ihre Freundin aus deinen Klauen befreien würde, mit welchen Mitteln auch immer."

„Ja, aber einen anderen Vampir zu töten, ist uns nicht gestattet. Das führt zur Enthauptung. Das weißt du genau."

„Nur, wenn es jemand erfährt, Cornelius. Ich werde es sicher niemanden erzählen und du wirst es nicht mehr können." Vladimir lächelte teuflisch und blinzelte Cornelius böse an.

„Nicht, Vladimir", schrie Audrey voller Entsetzen. „Bitte töte ihn nicht."

Der Vampir blickte kurz auf die gefesselte und leicht verletzte Polizistin und verlor endgültig die Kontrolle über seine Handlungen. Er stürmte auf Cornelius zu und brach ihm mit einem einzigen kräftigen Ruck das Genick. Anschließend zog er einen gewaltigen Dolch aus seiner Manteltasche und schnitt dem jungen Vampir damit den Kopf ab. Unmittelbar danach begann sich der Körper von Cornelius zu zersetzen. Audrey starrte auf das Geschehen und war überhaupt noch nicht fähig gewesen zu schreien, so schnell hatte Vladimir gehandelt. Jetzt stand der Vampir vor Audrey und blickte ihr hypnotisch in die Augen und wendete seine Gedankenmanipulation an. Unter allen Umständen musste Vladimir verhindern, dass sich Audrey an seine Tat erinnern könnte. Dies würde sie andernfalls bis zum Ende ihrer Tage begleiten. Einer Enthauptung so unmittelbar beizuwohnen war kein Kindergeburtstag. Zumindest nicht für eine Frau. Mit glasigen Augen fragte Audrey wenige Sekunden später: „Was ist passiert? Wo ist Cornelius?" Jeder Nerv ihres Körpers litt noch unter den Nachwirkungen der Angst, die sie bei der Begegnung mit Cornelius durchlitten hatte.

Vladimir schien fürs Erste beruhigt zu sein. Die Gedankenmanipulation hatte offenbar geklappt und die Polizistin konnte sich nicht an die letzten Minuten erinnern. „Ich habe ihn in die Flucht geschlagen, Sweetheart. Hab keine Angst. Es ist vorbei." Er befreite sie von den Fesseln und reichte ihr den Bademantel, damit sie ihren nackten Körper, der mächtig zitterte, bedecken konnte.

„Danke, mein Held", brachte Audrey noch heraus, bevor sie bewusstlos zusammensackte. Es war einfach zu viel für sie gewesen. Vladimir legte sie ins Bett und griff anschließend zu seinem Smartphone und schrieb eine Textnachricht, die er Alexander nach Malta schickte. Genau im richtigen Moment, wie Vladimir später erfahren sollte. Er hatte letztendlich nicht nur Audrey vor Cornelius gerettet, sondern auch die Wahl von Catherine gesichert. Ohne seine SMS an Alexander, hätte dieser sich seiner Stimme enthalten und dann hätte ein Schwertkampf zwischen Catherine und Cole entscheiden müssen. Mit völlig ungewissen Ausgang. Der Text seiner SMS an das russische Ratsmitglied lautete: „Cole versucht Catherine zu erpressen!"

Catherine fühlte sich stärker als jemals zuvor. Sie war nun ganz offiziell die mächtigste unter allen Vampiren und würde eine großartige Königin werden. Davon war sie hundertprozentig überzeugt.

Sie wunderte sich zwar schon ein bisschen, warum Alexander letztendlich für sie gestimmt hatte, aber das war nicht mehr von Bedeutung. Vielleicht spielte ja auch bei Vampiren die Abneigung zwischen Russen und Amerikanern eine größere Rolle, als sie vermutete. Cole ging auf Catherine zu und bot seine Hand, die mehr einer Pranke glich, zur Gratulation an, die diese auch ergriff. „Gratuliere, Catherine", sprach Cole.

„Danke, ich hoffe, du erkennst mich als deine Königin an und bleibst weiterhin das Oberhaupt der New Yorker Vampire. Deine Zeit wird noch kommen." Catherine verabscheute den Amerikaner zwar aufs Tiefste, aber sie brauchte zukünftig seine Unterstützung. Zumindest durfte er sich nicht gegen sie stellen. Dies könnte ansonsten zu einer Spaltung der Vampirliga führen. Und das wollte Catherine auf keinen Fall dulden. Nicht, nachdem sie die Spitze gerade erst übernommen hatte.

„Natürlich, meine Königin", erwiderte Cole. Er musste sich erst einmal von dem gewaltigen Schock der Niederlage erholen. Dies würde voraussichtlich einige Jahre dauern. Im Moment war er einfach nur maßlos enttäuscht. Eine einzige Stimme hatte ihm gefehlt und sein Traum war wie eine Seifenblase zerplatzt. Auch sein Plan B war nicht aufgegangen, der eine Abstimmung im letzten Moment hätte verhindern sollen. Seine Gefährtin Sally, die in New York geblieben war und ihm dort die Daumen gedrückt hatte, dürfte auch sehr enttäuscht über den Ausgang der Wahl sein. Er hoffte, dass dies keine allzu negativen Auswirkungen auf ihre Beziehung haben würde und sie in der nächsten Zeit häufiger gemeinsam auf die befriedigende Jagd nach frischem Menschenblut gehen würden und sich anschließend – vom Blutrausch getrieben – leidenschaftlich lieben würden. Als Oberhaupt der New Yorker Vampire würde er jede Menge Zeit haben, die er bei einer gewonnen Wahl zum König nicht mehr gehabt hätte. Aber wem machte er eigentlich etwas vor? Er hatte die einmalige Chance auf den Thron verstreichen lassen. Dies würde er sich wahrscheinlich niemals verzeihen. Wie sollte er denn unter einer Königin Catherine weiter existieren können? Er fing an, die neue Königin richtiggehend zu hassen. Vielleicht könnte der aufkeimende Hass seinen Frust in der nächsten Zeit überlagern. Denn an Selbstmitleid wollte er nicht vergehen. Er war schließlich trotz seiner Abstimmungsniederlage ein vierhundertjähriger mächtiger Vampir.

Catherine bemerkte, dass sie eine neue Nachricht erhalten hatte. Der eingegangene Text lautete: „Glück gehabt! Audrey ist in Sicherheit. Cornelius wollte sie töten. Auftraggeber noch unbekannt! Hast du die Wahl gewonnen? Gruß aus London. Vladimir."
Ein königlich strahlendes Lächeln breitete sich auf Catherines Gesicht aus. Sie stieß einen schrillen Jubelschrei aus, der seines gleichen suchte. Audrey lebte und war in Sicherheit. Damit hatte sie tatsächlich alles richtig gemacht, indem sie sich nicht erpressen ließ und freiwillig auf den Thron verzichtet hatte. Warum Vladimir noch in London weilte,

spielte erstmal keine Rolle. Er hatte Audrey gerettet, nur das war von Bedeutung. Sie würde Vladimir zu ihrem Stellvertreter befördern, das hatte er sich nicht zuletzt durch Audreys Rettung redlich verdient. Da er sich in London nicht mehr länger aufhalten durfte, würde sie ihm anbieten, die Stellung in Transsilvanien zu halten, wenn sie in London Zeit verbrachte. Ihren Lebensschwerpunkt würde sie so gut es eben ging, weiter in London beibehalten. Natürlich müsste sie zukünftig mehr reisen und ihre Untertanen in der ganzen Welt besuchen und ab und zu Transsilvanien ihre Aufwartung machen. Sie würde Marius zum Oberhaupt der Londoner Vampire ernennen. Aber das *PoD* würde weiter existieren. Sie müsste sich nur einen Nachfolger für Carl Decker suchen, der das Management erledigte. Dieser hatte mit dem Verkauf von Vampirblut jeglichen Kredit bei ihr verspielt. Da ihr Club unter ständiger Beobachtung durch die Polizei stand, müsste sie sich einen kreativen Weg überlegen, um Decker loszuwerden. Er dürfte nicht einfach so verschwinden oder getötet werden. Dies würde nur unnötig neuen Verdacht erzeugen. Jetzt aber wollte sie erst einmal mit ihren Anhängern auf den Sieg mit einem Schluck frischen Blutes anstoßen und die nächsten Stunden bis zum Sonnenaufgang genießen.

Als Festschmaus gab es drei junge deutsche Touristen, die sich in einem Gentlemen's Club mit dem Namen BOOBS in Paceville rumgetrieben hatten. Paceville lag auf dem Hügel zwischen der Spinola Bay und St. Georges Bay. Dort befanden sich die meisten Restaurants, Bars, Discotheken und alles was Malta's Nightlife zu bieten hatte. Das BOOBS bestand aus Chrom, Neon und Haut. Die laute Musik pochte und hämmerte im Inneren des Clubs. Die Kundschaft war gehoben, modisch und natürlich fast zu einhundert Prozent männlich. Die fünf grazilen Tänzerinnen waren oben ohne, schwarzhaarig, trugen Tangas und hohe Absätze und bewegten sich unisono zu einer erstaunlich gut choreographierten Show. Die deutschen Touristen amüsierten sich prächtig, ehe sie schließlich den Club verließen und Juan über den Weg liefen, was ihren Tod bedeuten sollte. Denn dieser überwältigte sie mühelos und schaffte sie anschließend zum Ort der Ratsversammlung.

„Juan, schön dich zu sehen. Was hast du uns denn leckeres mitgebracht?"

„Die drei jungen Deutschen habe ich vor dem BOOBS aufgegabelt. Für dich habe ich den blonden Franz reserviert, Schwester. Das ist der große Schönling hier, gleich neben mir."

Catherine leckte sich voller Vorfreude über ihre vollen Lippen und sog den Duft, der von dem Sterblichen ausging, ein. Sie nahm seinen Kopf in ihre zarten, aber dennoch kräftigen Hände, beugte sich hinab und schlug ihre ausgefahrenen Fangzähne in seine pochende Halsschlagader und saugte sein aromatisches Blut. Herrlich warm durchströmte es ihren Körper und sie nahm gierig mehrere Schlucke hintereinander. Sie setzte kurz ab, um durchzuatmen und saugte dann weiter. Sie spürte, wie sich ihre Nervosität, die sich durch den Stress der letzten Wochen gebildet hatte, durch den Genuss des Blutes langsam auflöste. Sie nahm noch einen letzten, langen Schluck, bevor sie Franz von seinen Qualen erlöste und tötete. Die beiden anderen Touristen dienten Catherines Anhängern als Festtrunk.

Audrey wachte erst gegen neun Uhr morgens auf. Vladimir hatte ihre Wohnung kurz vor dem Sonnenaufgang verlassen, so dass sie sich wieder ganz allein mit ihren trübseligen Gedanken befasste. Sie meldete sich krank. An Arbeit war in ihrer psychischen Verfassung nicht im Ansatz zu denken. Zum zweiten Mal innerhalb von zehn Tagen war sie dem Tod nur ganz knapp entronnen. Nachdem Catherine sie in New York gerettet hatte, war diesmal Vladimir ihr Schutzengel gewesen. Wie oft würde sie zukünftig noch Glück haben? Genau wie in New York, wo Sangus spurlos verschwunden war, konnte sie sich auch diesmal nicht daran erinnern, was mit ihrem Peiniger passiert war. Vladimir hatte ihr erzählt, dass er Cornelius in die Flucht geschlagen hatte. Bedeutete dies, dass der junge Vampir tot wäre? Sie musste bewusstlos gewesen sein, als die beiden Vampire miteinander gekämpft hatten. Audrey wusste nicht viel von der Fähigkeit der Vampire, menschliche Gedanken zu manipulieren, aber sie hatte die Befürchtung, dass sowohl in New York als auch gestern Nacht ihre Gedanken beeinflusst worden waren. Dies machte sie noch unsicherer bezüglich ihrer Zukunft unter Vampiren. Andererseits hatte Vladimir sie gerettet und selbstlos sein Leben für sie riskiert. Das war wohl deutlich höher einzuschätzen als das Löschen von Erinnerungen. Allzu viele Menschen hatte Vladimir sicherlich noch nicht vor einem Vampir gerettet. Sie vermutete, dass er ihretwegen noch in London geblieben war, da sie sich in Catherines Abwesenheit weiter in Lebensgefahr befand und er seinen Job als Leibwächter offenbar sehr ernst nahm. Und wahrscheinlich mochte er sie sogar ein bisschen, hoffte sie.

Catherine hatte ihr eine Textnachricht geschickt, in der sie bildhaft und euphorisch schilderte, wie sie zur Königin gewählt worden war. Sie befand sich jetzt auf dem Weg nach Transsilvanien, um dort ihren Thron zu besteigen. Das Gebiet wurde von den Karpaten umschlossen und die ursprüngliche Bedeutung des Wortes sollte laut Catherines Erzählungen „Jenseits der Wälder" sein. Audrey fand es total cool, dass tatsächlich Vampire und Transsilvanien nicht nur in Sagen oder der Literatur in Verbindung standen, sondern offensichtlich auch im „realen" Leben. Denn das Land jenseits der Wälder war von einer Vielzahl an Mythen und Legenden umrankt. Fast die ganze Welt assoziierte die Gegend mit heulenden Wölfen und Draculas Fangzähnen. Daher war auch das Dracula-Schloß Castelul Bran aus dem 14.Jahrhundert mit ihren vielen Türmen und Schießscharten eine der Hauptattraktionen. Audrey war gespannt, ob sich der neue Dienstsitz von Catherine in einem ähnlich beeindruckenden Umfeld befand. Die Polizistin würde Catherine fragen, ob sie sie bei ihrer nächsten Reise dorthin begleiten dürfe. Sie wollte nicht dauernd allein in ihrer Wohnung zurückbleiben.

Eine Fernbeziehung mit einem Vampir schien ihr wenig erstrebenswert.

Gegen Mittag rief Hunter seinen Squash-Kumpel zu sich ins Büro. Carl Decker hatte in einer Arrestzelle genächtigt und auch den gesamten Vormittag dort verbracht. Dies sollte helfen, seine Erinnerung zu wecken, hoffte Hunter.

„Also, Carl. Ist dir noch etwas eingefallen, was du uns über Vladimir erzählen kannst? Weißt du zum Beispiel etwas über die Beziehung zwischen Vladimir und Catherine? Sie waren ja beide Stammgäste im *PoD*.“

„Nein, George. Ich sage kein einziges Wort mehr, ohne meinen Anwalt. Habe die Schnauze gestrichen voll von deinen makabren Spielchen. Ich dachte wir wären Kumpel.“

„Du kannst gehen. Verlass aber bitte nicht die Stadt, ohne dich abzumelden. Wir kommen immer wieder auf dich zurück. Bis wir den Killer haben. Das sind alles andere als Spielchen, sondern Teile der Ermittlungen. Wir werden dich beobachten. Tag und Nacht. Du wirst keine Sekunde unbeobachtet sein. Das wird kein Zuckerschlecken für dich, Carl. Also pack lieber gleich aus.“

„Du spinnst doch, George. Ich habe nichts mit den Morden zu schaffen und auch nicht mit Vladimir oder Catherine. Warum glaubst du mir denn nicht?“, erwiderte Carl frustriert. Die Nacht in der Verwahrzelle hatte ihm ganz und gar nicht geschmeckt. Das war zwar nicht die erste Nacht, die er unter solchen Bedingungen verbracht hatte, aber das machte die Sache nicht wirklich besser. Er wurde auch nicht jünger und bevorzugte ein bequemes Bett in einer sauberen Umgebung zum Schlafen. Seinen Kopf für die blutgeilen Vampire hinzuhalten, gefiel ihm nicht im Mindesten. Er würde Catherine um eine Gehaltserhöhung bitten, sobald sie wieder in London weilte. Das könnte man ja als eine Art Schmerzensgeld verbuchen.

„Ich schicke dann heute Abend einen Kollegen ins *PoD*. Der wird deine Gäste erneut befragen und auf die Nerven gehen. Dir noch eine schöne Zeit, Carl." Hunter erhoffte sich zwar relativ wenig von den Befragungen, aber er wollte Carl zumindest eindrucksvoll demonstrieren, dass er nicht so leicht aufgab. Der Inspector konnte sich nicht erinnern, dass es in der Vergangenheit schon mal sowenig Fortschritte in einem aufsehenerregenden Fall gegeben hatte. Zumindest nicht bei einem Case, in dem so viele Todesopfer verbucht wurden. Sollten sie Vladimir nicht finden, würden die Serienmorde wohl niemals aufgeklärt und Peter Miller und sein Sohn würden in Schottland weiter in Gefahr schweben. Das Gespräch mit Audrey war leider ausgefallen, da sich die Polizistin krank gemeldet hatte. Er hatte selbst keine weiteren Ideen, wie er die Identität und den Aufenthaltsort vom Killer ermitteln könnte. Es war zum Kotzen!

Um zehn Uhr abends telefonierten Audrey und die frisch gewählte Königin endlich das erste Mal nach der vorherigen Nacht, die für beide so dramatisch verlaufen war.

„Hey, Audrey. Ich habe es tatsächlich geschafft. Ich bin die neue Königin!!" Mit diesen Worten begrüßte die emotionale Catherine ihre Freundin sowohl überschwänglich vor Freude als auch ein bisschen selbstbezogen.

„Super, Catherine. Gratuliere. Du hast es sicher verdient." Audrey hatte zwar nicht den leisesten Schimmer, welche Qualifikationen man für diese Position mitbringen musste, aber Catherine traute sie ohnehin fast alles zu.

„Wie geht es dir denn? Vladimir schrieb mir, dass Cornelius dich in seine Gewalt gebracht hatte. Bist du schwer verletzt?"

„Nein, Vladimir hat mich gerettet, bevor Cornelius ernsthaft Hand am mich legen konnte. Er hat mich nur bewusstlos geschlagen, dann an einen Stuhl gefesselt und mich gefilmt."

„Dieser dreckige Bastard. Was hat Vladimir mit ihm gemacht? Ich konnte deinen Lebensretter noch nicht persönlich sprechen."

„Das weiß ich nicht. Ich muss bewusstlos gewesen sein, als die beiden Vampire gekämpft haben. Meine Erinnerung setzt erst wieder ein, als Vladimir mich von den Fesseln befreit hat. Cornelius war da schon nicht mehr in meiner Wohnung."

„Ok, mach dir darüber keinen Kopf. Vladimir wird sicher dafür gesorgt haben, dass Cornelius dich niemals mehr attackieren wird."

„Das denke ich auch. Wie geht es jetzt weiter? Wie lange bleibst du in Transsilvanien?"

„Nur einige Tage. Ein paar wichtige Dinge sind zu regeln, dann komme ich vorerst zurück nach

London, um mich bei meinen Londoner Freunden zu bedanken."

„Cool, ich freue mich auf dich. Muss ich dich denn jetzt mit Majestät anreden?"

„Mach nur deine Witze, meine kleine Prinzessin", antwortete die Königin belustigt. „Ich bin jetzt das Oberhaupt aller Vampire. Davon habe ich immer geträumt und die nächsten hundert Jahre werden bestimmt wie im Fluge vergehen. Ich muss jetzt los. Melde mich morgen wieder. Ruh du dich aus. Du bist jetzt in Sicherheit. Nach meiner Wahl hast du nichts mehr zu befürchten." Das stimmte zwar nicht so ganz, denn Catherine beorderte vier Vampire nach London, um Audrey im Auge zu behalten. Nach ihrer Einschätzung müsste der Schutz für die kommenden Nächte ausreichend sein. Außerdem griff sie für die Zeit von Sonnenaufgang bis Sonnenuntergang noch auf einen exklusiven privaten Sicherheitsdienst zurück. Manchmal ließ es sich nicht vermeiden, auf Menschen zurückzugreifen. Solange sie nicht mit Gewissheit sagen konnte, wer Cornelius auf ihre Freundin gehetzt hatte, würde sie Audrey überwachen und beschützen lassen. Wenn ihrer Freundin etwas passierte, könnte sie sich das nur schwer verzeihen.

Audrey dachte daran, dass sie selbst in hundert Jahren schon lange unter der Erde liegen würde. Sie ahnte ja noch nichts von den Plänen Catherines, sie in näherer Zukunft zum Vampir zu machen. Sie schaute auf die Uhr und sah, dass sie zehn Minuten vor elf anzeigte. Trotz der späten Stunde wählte sie die Nummer ihrer Eltern, um ein paar Worte mit ihnen zu wechseln. Sie hatten schon einige Wochen nicht mehr miteinander telefoniert. Ein paar vertraute menschliche Stimmen zu hören, würde ihr jetzt gut tun, fand Audrey. Wenn sie schon niemand in den Arm nehmen würde. Weder Catherine noch Vladimir waren in London. Es war wirklich zum heulen.

28. September

Audrey freute sich natürlich außerordentlich für Catherine, dass sie die Wahl gewonnen hatte. Sie wusste aber noch nicht genau, welche Auswirkungen dies auf ihre Beziehung haben würde. Durfte eine Königin denn überhaupt mit einem Menschen liiert sein oder musste sie einen mächtigen Vampir an ihrer Seite haben, fragte sie sich besorgt. Es war kurz nach Mitternacht und langsam überkam sie die Müdigkeit. Am Morgen würde sie wieder im Polizeirevier erscheinen und versuchen ihren Job so gut wie möglich zu erledigen. Sie hoffte, Hunter beauftragte sie endlich mit einem neuen Fall. Nur Papierkram zu erledigen widersprach ihrem Naturell und raubten ihr die letzten Nerven. Eigentlich blieb ihrem Chef nur die Wahl zwischen sofortiger Suspendierung oder vollständigem Vertrauen. Über die letzten Nächte dürfte sie – wieder einmal – mit niemandem außer mit Catherine sprechen. Dies frustrierte sie ein wenig. Die Geheimnisse, die sie gegenüber Hunter und allen anderen Menschen, für sich behalten musste, nahmen von Tag zu Tag zu. Der fieberhaft gesuchte Serienkiller war schließlich ihr Lebensretter und ein Vampir. Und ihre Freundin war die *Königin der Finsternis*. Wie würde ihr Chef wohl solch eine Information verarbeiten? Erst einmal würde er sie sicher für verrückt erklären und in eine Nervenklinik einweisen lassen. Die Körper von Vampiren, deren Kopf abgetrennt wurde, zersetzten sich unmittelbar danach und hinterließen keinerlei Spuren. Daher wurden offenbar auch niemals Überreste von Vampiren gefunden. Sie vermutete, dass Vladimir den Kopf von Cornelius abgetrennt oder ihn auf einem anderen Weg, den sie noch nicht kannte, vernichtet hatte. Andernfalls wäre das plötzliche Verschwinden des jungen Vampirs kaum zu erklären.

Sie überkam wieder ein prickelndes Gefühl der Verbundenheit zu Vladimir. Wenn sie nicht mit Catherine liiert gewesen wäre und sich eigentlich zu Frauen hingezogen fühlte, hätte sie eine engere Beziehung zu ihrem Lebensretter sicher in Erwägung gezogen. Diese Gedanken würde sie gegenüber absolut niemandem erwähnen dürfen. Insbesondere nicht gegenüber Catherine. Sie fragte sich, ob sie Vladimir jemals wiedersehen würde. Sie ging ins Schlafzimmer, zog sich bis auf die Unterwäsche aus und legte sich ins Bett. Sicherheitshalber warf sie ein paar Schlaftabletten ein, denn sie benötigte so viel Schlaf wie möglich. Die letzten Wochen hatten ihren Tribut gefordert. Die Tabletten zeigten rasch ihre Wirkung und sie schlief fast sofort ein.

Sie träumte von Vladimir. In ihrem Traum zog er sie aus und streichelte dann sanft ihren ganzen sonnengebräunten und nackten Körper. Sie bot ihm ihre festen und prallen Brüste dar. Ihre Knospen richteten sich auf, als er an ihnen knabberte. Schließlich drang er heftig in sie ein und Audrey war vor Erregung wie gelähmt. Vladimir packte brutal ihr langes blondes Haar, hielt es zu einem Pferdeschwanz zusammen und gab den Rhythmus vor. Eine brennende Lust ergriff Audrey. Er drückte sein Gesicht an ihres und als sie den Mund öffnete, um ihre Lust in alle Welt herauszuschreien, erstickte er den Schrei, indem er mit seiner Zunge in ihren Mund eindrang. Nachdem beide ihren Höhepunkt erreicht hatten, legte er seine weit ausgefahrenen Fangzähne an ihren Hals. Nun ist es aus mit mir, er wird mich beißen, dachte Audrey und wachte mit einem gellenden Schrei aus ihren Träumen auf. Audrey war zunächst verwirrt und schockiert, bis sie realisierte, dass sie nur geträumt hatte. Solch eine Leidenschaft – auch wenn es nur in einem Traum gewesen war – hatte sie vorher bestenfalls in den Nächten mit Catherine verspürt. War sie etwa gerade dabei, sich in Vladimir zu verlieben? Dies war ein äußerst beunruhigender Gedanke. Zum einen würde sie ihn voraussichtlich niemals wiedersehen, zum anderen hatte sie erst vor wenigen Nächten Catherines Blut beim Sex getrunken. Laut Catherine entsprach dies bei Vampiren in etwa einer Verlobung bei Menschen. Und sie hatte sich dabei so gut gefühlt wie niemals zuvor in ihrem Leben. Warum träumte sie dann trotzdem von Vladimir, fragte sie sich beunruhigt. Und in zwei Tagen würde Catherine wieder in London sein. Bis dahin müsste sie ihre Gefühle unter Kontrolle bekommen. An Schlaf war in dieser Nacht nicht mehr zu denken. Dafür war sie viel zu aufgewühlt.

Daher ging sie ins Badezimmer. Sie stand vor dem Spiegel und betrachtete ihren Körper, der nach ihrem erotischen Traum immer noch erregt war. Sie sah ihre blonden Haare, die schwer auf ihre Schultern fielen und die Spitzen strichen über ihre harten Brustwarzen. Sie war schlank und durchtrainiert und hatte himmelblaue Augen. Kein Wunder, dass sie nicht nur Menschen, sondern auch Vampiren gefiel, dachte sie zufrieden. An ihrer Figur gab es rein gar nichts auszusetzen. Insbesondere ihre Sonnenbräune dürfte sie von weiblichen Vampiren noch besonders abheben. Denn die Untoten waren aufgrund ihrer Probleme mit dem Sonnenlicht in der Regel sehr blass. Sie drehte das Wasser auf und fünf Wasserstrahlen schossen unmittelbar danach aus dem runden Duschkopf. Innerhalb weniger Minuten war der Raum von heißem Dampf erfüllt und sie war wie berauscht vom Gefühl des heißen Wassers auf ihrer Haut. Als sie sowohl an Vladimir als auch an Catherine dachte, glühte ihr ganzer Körper und ihr Unterleib stand förmlich in Flammen.

Es lag einige Jahre zurück, als Catherine das letzte Mal in Transsilvanien zu Besuch gewesen war. Ihr Schloss, welches nun sowohl Unterkunft als auch Dienstsitz der Königin darstellte, lag sehr abgelegen, umgeben von zerklüfteten Bergen hoch oben am Rande eines Abgrundes, oberhalb eines bewaldeten Tales. Im ersten Stockwerk befand sich eine herrliche Bibliothek, die zehntausende von Büchern und sehr, sehr viele Zeitungen und Zeitschriften in den verschiedensten Sprachen enthielt. Die Zeichen der Zeit konnte aber auch diese Bibliothek nicht verbergen. Neben der Vielzahl gedruckter Bücher und zugehöriger Lesetische befanden sich auch einige Computerterminals in dem Raum. Ohne Internet oder Ebooks kam in der heutigen Zeit niemand mehr aus. Das Erdgeschoss wurde von einem riesigen Foyer beherrscht. Außerdem beinhaltete es noch einen großen Speisesaal sowie eine Reihe von Zimmern, die die Vampire in erster Linie dafür nutzten, ihrer Gier nach menschlichem Blut nachzukommen. Catherine würde sich aber in erster Linie in den Kellerräumen aufhalten. Denn dort befand sich nicht nur ihr Arbeitszimmer, sondern auch der Raum, in dem sie tagsüber in einem ihrer Särge die Zeit verbringen würde.

In ihrem neuen Arbeitszimmer hingen die Porträts aller bisherigen *Könige der Finsternis*. Demnächst würde ein Porträt von ihr angefertigt werden. Als sie auf das Bild von Sangus blickte, kamen längst verschollen geglaubte Erinnerungen in ihr hoch. Ihre wunderschöne Mutter diente vor über fünfhundert Jahren am Hof von Heinrich VII. als Magd. Der mächtige König widerstand ihren weiblichen Reizen nur für kurze Zeit und verbrachte viele Nächte mit der jungen Magd. Als Ergebnis ihrer Liaison wurde schließlich eine Tochter namens Catherine geboren. Somit floss königliches Blut durch ihre Adern, als uneheliche Tochter von Heinrich VII. In der damaligen Zeit konnte sie daraus aber keinen Nutzen ziehen. Ganz im Gegenteil. Sie wuchs auf in großer Armut, da sie im verborgenem bleiben musste und war froh, die Kindheit zu überleben. Ihre Mutter starb, als Catherine dreizehn Jahre alt gewesen war. Sie verkaufte ihren Körper, der schon in jungen Jahren die weiblichen Rundungen aufwies, die den Männern ganz besonders gefielen und hielt sich somit so gut es ging über Wasser. Sie erlitt zwei Totgeburten und brachte leider kein lebendiges Kind zur Welt. Als Vampir konnte sie später ja keine Kinder mehr bekommen. Dies war auch einer der Gründe, warum sich so wenige Frauen freiwillig zum Vampir verwandeln ließen, da der Kinderwunsch bei den meisten Frauen stark ausgeprägt war.

Auf Sangus traf sie, als Catherine neunundzwanzig Jahre alt gewesen war. Er besuchte damals in London einige Vampire, die seiner Blutlinie entstammten und in London ihr zu Hause gefunden hatten. Sangus war zu dieser Zeit bereits dreihundert Jahre alt. Für Catherine waren es die ersten Erfahrungen mit nichtmenschlichen Wesen. Sangus verbrachte einige leidenschaftliche Nächte mit der menschlichen Catherine, ehe er in einer Nacht völlig die Kontrolle über sich verlor. Erst gab er ihr von seinem Blut zu trinken und anschließend nahm er ihr das menschliche Leben, in dem er ihr das Genick brach. Dadurch wurde sie zum Vampir, denn sie hatte zum Zeitpunkt ihres Todes Vampirblut in sich, was für eine Umwandlung notwendig war. Er hatte Catherine natürlich nicht gefragt, ob sie verwandelt werden möchte. Sie hätte dem damals niemals zugestimmt. Es dauerte einige Jahre, bevor Catherine die Verwandlung psychisch verkraftet hatte. Nur noch nachts unterwegs zu sein und menschliches Blut zu trinken, waren etwas völlig Neues und Abartiges für sie. Um keinen Verdacht bei ihren Bekannten zu erregen, musste sie London verlassen. Sangus nahm sie mit auf seine Reisen durch fremde Länder. Er brachte ihr die wichtigsten Dinge für das

Vampirleben bei. Insbesondere lehrte er ihr den Schwertkampf und zeigte ihr die blutigen Vorzüge des Vampirdaseins. Nach einigen Jahren der Eingewöhnung genoss Catherine ihr neues Dasein dann tatsächlich in vollen Zügen. Das Töten von Menschen und der damit verbundene Blutrausch versetzten sie regelmäßig in Ekstase. Sie hatte Sangus dafür im Nachhinein danken müssen. Dieser versuchte Catherine nach ihrer Umwandlung zu seiner Gespielin zu machen, aber Catherine fühlte sich nicht richtig wohl, von ihrem Schöpfer in erster Linie als Frau wahrgenommen zu werden. Ihr Schöpfer war für ihre Ausbildung unersetzlich, aber eine körperliche Beziehung mit ihm vermied sie so gut es eben ging. In einigen Nächten gab sie sich Sangus' Verlangen aber trotzdem hin, denn sie wollte ihren Schöpfer natürlich auch nicht vor den Kopf stoßen. Nach fünfzig Jahren an der Seite von Sangus entschied sich Catherine, wieder in ihre geliebte Heimatstadt London zurückzukehren. Die Menschen, die sie dort gekannt hatte, waren mittlerweile alle gestorben. Von daher bestand bei einer Rückkehr kein allzu großes Risiko, dass sie jemand wiedererkennen würde. Sangus tolerierte dies schweren Herzens und stellte seine Bemühungen, Catherines Herz zu erobern, endgültig ein. Und Catherine verließ London niemals mehr länger als für ein paar Wochen. Sie liebte diese Stadt über alles. Sangus traf sie nur noch alle paar Jahrzehnte. So war es für alle Beteiligten am besten gewesen.

Catherine ließ Vladimir, der vor kurzem in ihrem Schloss eingetroffen war, in ihr Arbeitszimmer bringen. Sie umarmte ihn freundlich und drückte ihm noch einen kameradschaftlichen Kuss auf die Wange. „Danke, Vladi."

„Stets zu Diensten, meine Königin."

„Lass den Quatsch. Für dich bin ich natürlich weiter Catherine. Woher wusstest du, dass Cornelius ein Verräter war?"

„Das wusste ich nicht. Ich hatte nur ein Auge auf Audrey werfen wollen, da ich mir nicht sicher gewesen bin, dass Cornelius als Beschützer geeignet war. Ich hatte ihn vorher gar nicht in Verdacht, ein Verräter zu sein. Er erschien mir dafür viel zu jung und schwächlich."

„Du bist nur in London geblieben, um Audrey zu beschützen? Und hast deine eigene Sicherheit aufs Spiel gesetzt?"

„Das ist richtig."

„Das war ja wirklich heldenhaft von dir. Aber der verfluchte Verräter hat seinen Auftraggeber nicht preisgegeben, oder?"

„Leider nein. Es kann doch aber nur Cole gewesen sein. Wer sonst hätte deine Wahl zur Königin verhindern wollen und wusste, dass Audrey deine Geliebte ist?"

„Ich weiß es nicht. Ohne Beweise werde ich Cole nicht beschuldigen können."

„Da hast du Recht. Er hat eine große Anzahl an Anhängern. Du musst hundertprozentig sicher sein, dass er Audrey schaden und deinen Sieg verhindern wollte."

„Genau. Ich werde dich nicht fragen, was du mit Cornelius gemacht hast. Aber er wird uns nicht mehr in die Quere kommen, oder?"

„Niemals wieder, Catherine."

„Gut. Das wollte ich hören. Kannst du dir vielleicht vorstellen, die nächsten fünf Jahrzehnte in Transsilvanien zu verbringen? Ich würde dich gerne zu meinem Stellvertreter benennen."

„Da ich London ohnehin verlassen muss, bin ich sowieso auf der Suche nach einem neuen Quartier. Denke, mir könnte es hier durchaus gefallen. Welche Aufgaben hätte ich denn als dein Stellvertreter zu erfüllen?"

„In meiner Abwesenheit würdest du dann das Tagesgeschäft erledigen. Insbesondere würdest du als oberster Richter fungieren. Nur Todesurteile dürfen einzig und allein von der Königin gefällt werden. Neben der Arbeit würden dir auch Blutbeutel aus der ganzen Welt als Geschenk gebracht werden. Tot oder lebendig. Ganz nach unseren Wünschen. Es wäre ein Leben wie im Vampir-Paradies."

„Das hört sich verlockend an, Catherine. Ich nehme dein großzügiges Angebot sehr gerne an. Danke, meine Königin."

„Großartig. Du kannst noch bis Ende Oktober die Zeit mit Faulenzen verbringen. Während meiner Inthronisierungsfeier möchte ich dann deine neue Position verkünden. Ich lasse Marius rufen, er kann dich in die Aufgaben eines Stellvertreters einführen. Ihn mache ich dafür zum Oberhaupt der Londoner Vampire. Dieses Amt kann ich ja leider nicht mehr ausüben. Das ist aber auch das einzige, was an meiner neuen Stellung zu bemängeln wäre. Wenn du nicht solch ein verdammtes Pech mit diesen verfluchten Überwachungskameras gehabt hättest, würdest du jetzt mein Nachfolger in London werden, Vladi. Aber vielleicht ergibt sich in einigen Jahrzehnten die Möglichkeit, das nachzuholen. Du hättest es verdient, mein Freund."

„Das ist schon in Ordnung. Mein Fehler, mich filmen zu lassen. Was wird denn aus Carl?"

„Wir werden sehen."

Peter Miller, der mittlerweile in einem etwas preiswerteren Hotel in der Nähe vom *Piccadilly Circus* einquartiert war, betrat das *PoD* kurz nach neun Uhr abends, um ein letztes Mal sein Glück zu versuchen. Er wollte jemanden finden, der ihm nützliche Informationen über Vladimir geben konnte. Die Hoffnung darauf verringerte sich von Nacht zu Nacht. Die Reise nach London verlief bisher völlig enttäuschend und langsam vermisste er seinen kleinen Sohn so sehr, dass er am nächsten Tag nach Edinburgh zurückfliegen würde. Hank war der einzige Mensch, der ihm geblieben war. Er war seit Wochen aus Sicherheitserwägungen bei Donnas Schwester untergebracht. Als alleinerziehender Vater würde er sein Leben umstellen müssen. Seinen Job an der Universität in Edinburgh als Dozent für Literaturwissenschaften würde er – zumindest vorübergehend – aufgeben. Durch das Erbe seines Bruders, welches er erhielt, wäre er finanziell komplett unabhängig. Er überlegte ernsthaft, ob er

Edinburgh oder gegebenenfalls vielleicht sogar Großbritannien verlassen sollte, um noch einmal ganz von vorne zu beginnen. Ohne permanente Erinnerungen an die letzten Wochen. Um elf Uhr verließ er das *PoD* ohne neue Informationen und ging zurück ins Hotel. Seine Zeit in London war endgültig ergebnislos verstrichen und am nächsten Morgen würde er ins Flugzeug steigen und der Metropole für längere Zeit den Rücken kehren.

29. September

Inspector Hunter wurde um vier Uhr morgens durch seinen schrillen Handy-Klingelton aus seinen süßen Träumen gerissen. Er schaute auf die Nummer des Anrufers. Er erkannte sie sofort als die Nummer seiner eigenen Dienststelle. Hunter fluchte kurz, stieg aus dem Doppelbett und verließ leise das Schlafzimmer, ehe er ins Telefon bellte: „Was ist denn los? Es ist erst vier Uhr. Ich hoffe, es ist etwas sehr, sehr Wichtiges. Ich brauche meinen Schlaf."

„Kommen Sie bitte sofort ins *Princess of Darkness,* Sir. Es hat dort einen Toten gegeben. Vermutlich Selbstmord." Die Stimme des anrufenden Polizisten klang genauso schläfrig wie Hunter sich fühlte.

„Na gut, Constable. Ich bin schon auf dem Weg." Zwanzig Minuten später erreichte der Inspector den besagten Nightclub. Neben einem Streifenwagen standen bereits zwei weitere Fahrzeuge, die zur Spurensicherung gehörten. Hunter betrat den Club und wurde von einem Constable darauf hingewiesen, dass sich der Tatort in der ersten Etage befand und zwar im Büro von Carl Decker. Mit einem mulmigen Gefühl stieg der Inspector die Treppe hinauf und wurde dort schon von seinen Kollegen erwartet.

„Hallo, George. Gut, dass du da bist. Wir hätten dich nicht zu dieser frühen Stunde geweckt, aber es existiert ein Abschiedsbrief. Und der ist direkt an dich gerichtet."

„An mich? Verdammt nochmal, wer ist denn der Tote? Lasst mich ihn endlich sehen." Hunter betrat den Büroraum und erblickte die Leiche seines ehemaligen Squash-Kumpels und Clubbesitzers Carl Decker. Taylor vom C.S.I-Team begrüßte den Inspector mit mürrischem Blick.

„Morgen, George. Der Bursche hat sich wohl den Kopf selbst weggeschossen. Seine Pistole haben wir sichergestellt. Ist mit großer Wahrscheinlichkeit die Tatwaffe. Untersuchungen zu Schmauchspuren und Fingerabdrücken laufen bereits. Außerdem hat er einen Abschiedsbrief hinterlassen. Und dein Name steht als Empfänger auf dem Umschlag. Wir haben ihn bereits geöffnet und eingetütet, um später keine Spuren zu verwischen." Er reichte Hunter einen handgeschriebenen Zettel, der sich in einer Plastikfolie befand.

Hallo George,
wenn du diese Zeilen liest, bin ich tot. Ich habe mich umgebracht, da ich keinen anderen Ausweg mehr gesehen habe. Ich habe Vladimir für die Morde bezahlt. Der Russe ist mittlerweile wieder in seiner Heimat untergetaucht. Du wirst ihn niemals finden. Die Mordserie war eigentlich so nicht geplant gewesen, sondern nur der erste Mord an Jack Miller. Der Bursche war ein fürchterlicher Weiberheld und hat mir die Freundin ausgespannt.

Dafür sollte er büßen. Ich wusste, Vladimir ist ein Auftragskiller, der zur russischen Mafia gehörte, und für Geld so ziemlich alles machte, wenn die Summe denn stimmte. Der Tod des Bankers hatte mich aber nur kurze Zeit zufriedengestellt. Als ich seinen Bruder in meinem Club sah und er meine Gäste belästigte, weitete ich meine Rachepläne aus und engagierte Vladimir für weitere Morde an den Moores und an Millers Frau. Heute weiß ich, dass ich viel zu weit gegangen bin und kann mit der Schuld nicht mehr leben. Es tut mir leid.

Carl Decker

Hunter las den Brief zweimal durch und schüttelte anschließend völlig entsetzt den Kopf. Wenn die Zeilen tatsächlich echt waren, verantwortete sein Squash-Kumpel mindestens sechs Morde. Nur, weil jemand seine Freundin ausgespannt hatte. Das konnte doch nicht wahr sein. Bevor der Fall aber endgültig abgeschlossen werden konnte, musste verifiziert werden, ob die Handschrift wirklich zu Carl Decker gehörte und es sich um einen Selbstmord handelte. Falls ja, würde er den Fall schnellstmöglich zu den Akten legen. Eine Suche nach einem russischen Auftragskiller in dessen Heimat wäre ohne jegliche Erfolgsaussicht. Eine Zusammenarbeit mit der britischen Polizei stünde auf der russischen Seite nicht zur Debatte. Er selbst würde nach Abschluss des Falles seinen kompletten Resturlaub nehmen und mit seiner Frau in die Karibik fliegen. Er wollte so schnell wie möglich London verlassen und damit auch die Erinnerung an die bestialischen Morde für einige Wochen zurücklassen. Die letzten Wochen hatten einiges an Substanz gekostet.

Audrey tauchte um halb zehn an ihrem Arbeitsplatz auf und wunderte sich über das rege Treiben so früh am Morgen. Bisher war sie noch nicht über den Tod von Carl Decker unterrichtet worden. Hunter entdeckte sie und winkte Audrey zu sich ins Büro. Er schaute noch mürrischer drein als die letzten Tage, soweit dies überhaupt möglich war.

„Guten Morgen, Weaver. Es hat letzte Nacht ein weiteres Opfer gegeben. Carl Decker wurde in seinem Büro über dem *Princess of Darkness* tot aufgefunden. Unser Chefpathologe Leo Johnson ist gerade dabei, die Leiche zu untersuchen. Da Decker aber einen Abschiedsbrief hinterlassen hat, gehen wir momentan von Selbstmord aus. Werfen Sie bitte mal einen Blick auf den Abschiedsbrief." Der Inspector reichte Audrey das Schreiben. Sie nahm dieses in die Hand und begann es zu lesen. Ihre Augen blickten ungläubig auf den Text. Ihr war sofort klar, dass der Text niemals vom Clubbesitzer geschrieben worden sein konnte. Sie wusste, dass Catherine Jack Miller umgebracht hatte und Vladimir nicht zur russischen Mafia gehörte. Aber wer sonst hätte diesen Brief verfassen können?

„Was meinen Sie zu dem Brief, Detective?", wurde sie von ihrem Chef gefragt.

„Ich bin überrascht, dass jemand, dem die Freundin ausgespannt wird, einen sadistischen russischen Auftragskiller engagiert. Ist mir in meiner zugegebenermaßen noch kurzen Laufbahn bisher nicht untergekommen. Die Reaktion scheint mir doch etwas übertrieben. Ist es sicher, dass der Brief von Decker geschrieben wurde?"

„Unsere Experten überprüfen es gerade. Bis morgen sollten wir das Ergebnis zur Verfügung haben und Doktor Johnson wird dann hoffentlich auch etwas über den Tathergang sagen können."

„Was machen wir, wenn beides bestätigt wird? Dann hätten wir den Auftraggeber, aber leider nicht den Killer."

„Das stimmt, Weaver. Für uns wäre dann der Fall abgeschlossen. Wir würden bei den Russen noch um Amtshilfe bitten, sie werden es mit Sicherheit ablehnen und damit wird die Akte geschlossen."

„Und was wird aus mir? Jetzt scheinen ja die letzten Zweifel ausgeräumt zu sein, dass Vladimir ein Auftragsmörder ist. Werden Sie es Ihrem Boss sagen, dass ich eine Nacht mit einem Killer verbracht habe?"

„Ich habe lange darüber nachgedacht und bin zu dem Schluss gekommen, dass es nicht ihre Schuld gewesen ist. Man sieht einem Mörder nur sehr selten an, dass er solch grauenhafte Taten begehen könnte. Sonst wäre unsere Arbeit ja viel einfacher. Also, Schwamm drüber. Aber passen Sie in Zukunft etwas besser auf, mit welchen zwielichtigen Gestalten sie im Londoner Nachtleben unterwegs sind. Suchen Sie sich am besten einen festen Freund und verbringen sie die Nächte zu Hause. Ich werde noch mit Detective Roseberry reden. Er wird das Video katalogisieren und dann in der Asservatenkammer verschwinden lassen."

„Danke, Chef. Das werde ich Ihnen niemals vergessen."

„Gehen Sie wieder an Ihren Schreibtisch, Detective. Sollte der Fall morgen abgeschlossen werden, bekommen Sie eine neue Aufgabe. Heute machen Sie aber noch Routinekram." Hunter selbst grübelte über seine eigene Menschenkenntnis. Er hatte schließlich nicht nur eine Nacht mit einem Killer verbracht, sondern über viele Monate regelmäßig mit dem Auftraggeber der Morde Squash gespielt. Er mochte Carl Decker. Umso schlimmer, dass dieser sich als faules Ei erwies. Der Inspector würde sich von seinem Chef noch eine Standpauke anhören müssen. Aber wer hätte denn schon ahnen können, dass der Clubbesitzer zu solchen Taten fähig gewesen wäre?

„Ok." Audrey verließ Hunters Büro mit einigen Fragezeichen im Gesicht. Vladimir war mittlerweile in Transsilvanien, wie ihr Catherine mitgeteilt hatte. Catherine war ebenfalls dort. Wer also hatte Deckers Abschiedsbrief geschrieben, fragte sie sich. Und wer hatte ihn umgebracht? Sie glaubte nicht an die

Selbstmordtheorie. Audrey fühlte kein Mitleid mit dem Clubbesitzer, dies war sehr ungewöhnlich. Normalerweise empfand sie bei jedem Opfer etwas. Sollte ihr Umgang mit Vampiren etwa bereits ihr eigenes Weltbild ins Wanken gebracht haben und sie einem Menschenleben nicht mehr ein so hohes Gewicht beimessen? Sie würde sich überlegen müssen, was sie von Catherine würde verlangen können, so dass sie ihre Beziehung aufrechterhalten konnten. Das mindeste war, dass in London keine Menschen von Vampiren mehr getötet würden. Das wäre natürlich nur ein fauler Kompromiss, aber Audrey musste auch an sich denken und jedes weitere Vampiropfer in ihrer Stadt würde in irgendeiner Form auf sie zurückfallen. Aber als *Königin der Finsternis* hatte Catherine die Macht, um dies bei ihren Untertanen durchzusetzen. Also sollte sie das gefälligst auch tun, schloss Audrey ihre Gedankengänge ab.

Am Abend erhielt Audrey zwei neue Emails von den beiden Vampiren, denen sie sich verbunden fühlte. Catherine schrieb:

„Hey, Kleines. Ich bin zurück in London. Muss erst noch ins *PoD*. Bin gegen drei Uhr nachts bei dir. Ich liebe dich!" Audrey lächelte beim Lesen des Textes. Vladimirs Email geriet etwas länger:

„Hi, Sweetheart. Ich bin jetzt in Transsilvanien und werde in nicht allzu ferner Zukunft erster Stellvertreter der Königin sein. Nicht schlecht für einen jungen Vampir, oder? Hoffe, du hast den Stress mit Cornelius mittlerweile verarbeitet. Tut mir unendlich leid, dass ich nicht früher eingreifen konnte. Ich würde mich freuen, wenn wir mal wieder einen Trinken gehen könnten. Fand die Nächte mit dir total cool. Schon über eine steile Karriere in Hollywood nachgedacht? ☺ Lieben Gruß aus Transsilvanien, Vladimir."

Audrey las die neue Nachricht von Vladimir mit gemischten Gefühlen. Zum einen lachte sie darüber, dass Vladi sich mit zweihundert Jahren als jung bezeichnete. Zum anderen ging aus dem Text eindeutig hervor, dass er sie mochte und gerne wiedersehen würde. Wie sollte sie darauf reagieren? Sie hatte sich immer über Dreiecksgeschichten in Schundromanen köstlich amüsiert. Wenn sie nicht aufpasste, würde sie bald selbst Bestandteil solch einer Konstellation sein. Audrey liebte Catherine abgöttisch, das stand außer Frage. Aber wie sollte man ihre Gefühle gegenüber Vladimir beschreiben? Konnte man zwei Vampire gleichzeitig lieben? Beide hatten ihr Leben gerettet. Und beide würden dummerweise zukünftig viel Zeit außerhalb Londons verbringen. Vladimir dürfte für lange Zeit überhaupt nicht mehr nach London zurückkehren. Sie könnte ihn höchstens in Transsilvanien treffen, wenn sie Catherine dort besuchte. Und diese war seine Königin. Da konnten sie sich kaum hinter Catherines Rücken treffen. Wie sollte das nur gutgehen? In wenigen Stunden kommt Catherine vorbei, sie darf nichts von ihren Gefühlswirrungen bemerken, dachte Audrey. Erst einmal eine heiße Dusche nehmen und dann für Catherine hübsch machen. So würde schon alles klappen. Zumindest in dieser Nacht.

Eine Stunde vor Mitternacht klopfte es laut an der Tür. Catherine hielt sich gerade in der Baker Street auf, wo sie eine Wohnung gemietet und ihr Studio hatte, um ihre Tarnung als Aktmalerin glaubhaft zu unterstützen. Ihr eigentlicher Wohnsitz befand sich außerhalb von London. Sie besaß dort ein riesiges schlossähnliches Haus mit imposanter Gartenanlage und großem Kellergewölbe, was wohl seinesgleichen suchte. Sie öffnete die Wohnungstür, ließ ihren Bruder Juan hinein und nahm den riesigen Kerl freundschaftlich in die Arme. „Guten Abend, mein Großer. Hat gestern Nacht alles geklappt?"

„Ich denke schon. Der Abschiedsbrief von Decker wird sicher als echt anerkannt werden. Meine Fähigkeiten der Handschriftenfälschung, kombiniert mit der neuesten App auf diesem Gebiet, sollten ausreichen, um die Polizei zu täuschen. War ein geschickter Schachzug von dir, Vladimir als russischen Mafiakiller zu denunzieren. Die sind ja teilweise genauso brutal wie wir, so dass das Schreiben glaubhaft wirkt."

„Habe ich mir auch gedacht. Wie sieht es mit dem vorgetäuschten Selbstmord aus? Meinst du, die Polizei kann aufdecken, dass er nicht selbst geschossen hat?"

„Keine Sorge, Catherine. Ich habe so etwas schließlich nicht zum ersten Mal gemacht. Und er hat tatsächlich auch selbst abgedrückt. Ich musste ihn nur etwas motivieren, dies zu tun", erwiderte

Juan lächelnd, mit einem teuflischen Glanz in den Augen.

Catherine wunderte sich immer wieder über ihren jüngeren Bruder. Nach außen wirkte er meistens so, als ob er kein Wässerchen trüben könnte. Aber es gab vermutlich kaum einen anderen Vampir, der den Menschen allein durch seine Präsenz mehr Angst einjagen könnte, wenn er es denn selbst wollte. Die Menschen konnten von Glück sagen, dass Juan sich häufig mit dem synthetischem Blut zufrieden gab. Andernfalls läge die Sterberate bei den Menschen in New York sicher deutlich höher. Er würde in nicht allzu ferner Zukunft ein würdiger Nachfolger für sie werden, dachte die Königin.

„Großartig, Juan. Auf dich kann ich mich wirklich immer verlassen." Sollte die Fälschung nicht als solche erkannt werden, hätte sie somit zwei Fliegen mit einer Klappe geschlagen. Zum einen wäre sie Carl Decker endgültig los, zum anderen dürfte das *PoD* aus der Schusslinie der Mordermittlungen geraten und von den Londoner Vampiren damit wieder ohne Sorge aufgesucht werden können. Nur ihre mörderischen Pläne gegenüber Peter Miller und seinem kleinen Sohn Hank würde sie ad acta legen müssen. Ansonsten wäre der Abschiedsbrief von Decker nicht mehr glaubwürdig. Aber damit könnte sie leben. Es gab jetzt wichtigere Dinge als einen persönlichen Rachefeldzug zu führen.

„Immer wieder gerne, meine Königin.", merkte Juan an.

„Jetzt müssen wir nur noch Cole aus dem Weg räumen, damit du das Oberhaupt der New Yorker Vampire werden kannst, Juan!"

„Ich bin ja noch jung, große Schwester. Ein paar Jahrzehnte kann ich schon noch warten." Aber länger auch nicht, dachte Juan leicht verbittert. Er hasste Cole wie die Pest und ihn als seinen Führer in New York anzuerkennen, fiel ihm von Nacht zu Nacht schwerer. Aber mit Catherines Unterstützung sollte es ihm hoffentlich gelingen, den Bastard aus dem Weg zu räumen. Sie müssten dabei nur sehr klug vorgehen.

„Ok, lass uns ins *PoD* gehen und Marius als neuen Londoner Obervampir vorstellen", riss ihn Catherine aus seinen Gedanken.

„Gerne, ich habe mir sicherheitshalber einige Flaschen synthetischen Blutes aus New York mitgebracht. Euer Zeug kann man ja nicht trinken und führt allenfalls zu Brechreiz. "

Catherine schüttelte amüsiert den Kopf. Juan war schon ein ganz spezieller Vampir und sie liebte ihren Bruder so sehr wie man einen Bruder nur lieben konnte.

30. September

Drei Minuten nach Mitternacht fiel die Eingangstür des *PoD* ins Schloss und ein gewaltiger Riegel wurde vorgeschoben. In dieser Nacht hielten die Londoner Vampire eine geschlossene Gesellschaft ab und kein Mensch durfte daher in der Nähe sein. Plötzlich durchflutete ein ohrenbetäubender Jubelschrei den Nightclub. Die neue Königin betrat die Bühne, auf der sonst regelmäßig Musikbands spielten. Die Bühne war über eine schmale Treppe zu erklimmen und lag eine Ebene über dem Rest des Clubs. Sie konnte daher von allen anwesenden Vampiren gut gesehen werden. Ihr Anblick war – wie immer – atemberaubend. Ihre rote Designerkleidung, die sie in dieser Nacht trug, hob ihre ausgeprägten weiblichen Rundungen und ihre langen Beine perfekt hervor. Ihr strahlendes Lächeln ließ so manchen hartgesottenen Vampir dahinschmelzen. Insbesondere, da sie dabei ihre weit ausgefahrenen Fangzähne zeigte.

„Catherine! Catherine! Catherine! Catherine!", tönte es lautstark aus mehr als hundert Kehlen. Zum ersten Mal in der Geschichte der Vampirliga hatte es jemand aus London an die Spitze geschafft und alle waren mächtig stolz auf ihre Königin.

„Danke, meine lieben Freunde. Lasst uns bis zum Morgengrauen feiern. Wir Londoner sind die allerbesten! Da gibt es keinen Zweifel."

Erneut brandete tosender Beifall für die Königin auf und Catherines Name wurde wieder mehrfach angestimmt. Solch eine fantastische Stimmung hatte das *PoD* seit vielen, vielen Jahren nicht mehr erlebt. Zwei Stunden tranken und feierten die Vampire ausgelassen ihre Königin. Dann betrat Catherine erneut die Bühne und hatte Marius an ihrer Seite.

„Meine lieben Freunde. Zwei Dinge möchte ich euch noch sagen. Zum einen seid ihr natürlich zu meiner Inthronisierungsfeier am 31.Oktober in Transsilvanien herzlich eingeladen. Das wird das größte und blutigste Fest in der Vampirgeschichte. Das verspreche ich euch!" Sie wurde wieder von stürmischen „Catherine! Catherine! Catherine!"- Rufen unterbrochen. Die Königin genoss diese Nacht wie kaum jemals eine andere zuvor. Ein bisschen Wehmut kam allerdings auf, als sie in die leuchtenden Augen ihrer Londoner Freunde blickte. In Zukunft wäre sie ja nicht mehr permanent vor Ort. Sie würde versuchen, so oft wie möglich in ihrer Stadt zu sein. An Transsilvanien und ihre Reisen durch die ganze Welt würde sie sich erst gewöhnen müssen. Sie ergriff noch einmal das Wort.

„Zum anderen möchte ich euch noch meinen Nachfolger als Londoner Oberhaupt vorstellen. Die meisten von euch kennen Marius ja bereits von früheren Versammlungen. Er war fast hundert Jahre der Stellvertreter von Sangus und hat unsere Interessen immer sehr gut vertreten. Begrüßt ihn bitte mit einem warmen Applaus!"

Nur zaghafter Beifall kam auf. Kein Vergleich zum Jubelsturm, den Catherine hervorgerufen hatte. Den Respekt und die Liebe der Londoner musste sich Marius erst noch verdienen. Als Nachfolger von Catherine würde er keinen leichten Start haben.

„Feiert bitte weiter bis zum Abwinken, meine treuen Freunde. Ich lasse euch jetzt mit eurem neuen Anführer allein. Wir sehen uns spätestens Ende Oktober in Transsilvanien. Bis dahin guten Durst. Ich liebe euch alle."

Wieder hämmerte ein nicht enden wollender Orkan der Begeisterung durch den Raum. Catherine stieg von der Bühne und nahm jeden einzelnen der anwesenden Vampire kurz in den Arm, um ihre Verbundenheit mit den Londonern zum Ausdruck zu bringen und sich für dessen Support zu bedanken. Als sie Dante umarmte, flüsterte sie ihm ins Ohr: „Komm nach Transsilvanien. Vladi langweilt sich ohne dich zu Tode." Dante war Vladimirs bester Kumpel, seitdem er in London Unterschlupf gefunden hatte. Die Königin verließ das *PoD* nur sehr ungern. Aber auch Audrey verdiente es, dass sie sich um sie kümmerte.

Als Audrey das Klingeln an ihrer Tür hörte, überkam sie ein beklemmendes Gefühl. Sie öffnete die Tür und blickte in Catherines strahlendes Gesicht. So schön hatte sie noch nie ausgesehen, dachte Audrey. Es schien ihr gut zu bekommen, Königin zu sein. Sie umarmten sich innig, ehe jemand von ihnen zu sprechen begann.

„Ich habe dich vermisst, Kleines", unterbrach Catherine die Stille.

„Ich dich auch. Lass uns jetzt nur Liebe machen und erst morgen über alles andere reden, ok?"

„Wie du willst, Audrey. Unsere Beziehung ist das Wunderbarste, was mir je passiert ist. Du bist eine unglaubliche Frau und ich liebe dich von ganzem Herzen. Für immer und ewig!!!" Catherine war die Erleichterung deutlich anzusehen. Sie wollte die Nacht der Nächte einfach nur genießen. Morgen müsste sie mit der Polizistin aber endlich über ihre gemeinsame Zukunft reden. Aber nicht in dieser zauberhaften Nacht. Die total überwältigenden Begeisterungsstürme im *PoD* hatte sie in der Form nicht im Ansatz erwartet gehabt. Umso glücklicher war sie jetzt, als sie Audrey ins Bett zerrte, um diese Nacht gebührend abzuschließen.

Gegen halb zehn rief Inspector Hunter seine Detectives in den Besprechungsraum. Er wollte die Ermittlungsergebnisse bezüglich Carl Decker seiner gesamten Mannschaft persönlich mitteilen.

„Guten Morgen, Jungs und Mädels", begann er betont locker die Sitzung. „Wie ihr alle hoffentlich mitbekommen habt, haben wir gestern am frühen Morgen den Besitzer des Nightclubs *Princess of Darkness* in seinem Büro tot aufgefunden. Zwei Dinge mussten geklärt werden. Erstens: Hat er sich tatsächlich selbst getötet? Und zweitens: Ist der Abschiedsbrief echt? Laut unserem Chefpathologen Doktor Leo Johnson und den Kollegen vom C.S.I. können wir mit fast hundertprozentiger Sicherheit davon ausgehen, dass er sich selbst mit seiner eigenen Pistole gerichtet hat. Die Schmauchspuren und die Körperhaltung lassen keinen anderen Schluss zu. Fremdeinwirkung ist ausgeschlossen. Damit wäre der Fall Carl Decker geklärt."

Zufriedenes Nicken und leichtes Gemurmel breitete sich im Raum aus. Ein Fall weniger, mochten die meisten Polizisten eigennützig denken. Sie hatten ohnehin schon genug um die Ohren. Hunter ergriff wieder das Wort.

„Wir haben den Abschiedsbrief zwei Experten für Handschriften vorgelegt. Beide kommen zu dem gleichen Ergebnis: Die Handschrift stimmt mit der von Decker eindeutig überein. Es lässt sich allerdings nicht sagen, wann dieser Brief geschrieben wurde. Beide Experten waren sich aber darin einig, dass der Text nicht unter körperlichen Druck geschrieben worden sein konnte. Dafür entsprach die Schrift zu sehr den Vergleichsproben. Also: Wir gehen davon aus, dass der Brief echt ist. Damit schließen wir auch die Akten der Mordfälle, die mit der grausamen Tat an Jack Miller in London seinen Anfang genommen hatte. Ich werde die schottischen Kollegen gleich im Anschluss darüber informieren. Carl Decker war der Auftraggeber und der Wahnsinnige, den wir nur unter dem Namen Vladimir kennen und die blutigen Taten begangen hat, ist ein Auftragskiller, der zur russischen Mafia gehört. Wir werden ein Fahndungsfoto an die russische Polizei und an Interpol weitergeben, aber für uns sind die Fälle abgeschlossen. Es sei denn, Vladimir wird wieder in England gesehen. Aber so dumm wird er sicher nicht sein. Noch irgendwelche Fragen?"

Ein Grünschnabel aus der ersten Reihe meldete sich zu Wort. „Können wir jetzt endlich unsere Überstunden abfeiern?"

Hunter mochte solch junge und vorlaute Polizisten überhaupt nicht, denen die Freizeit wichtiger schien als die Arbeit. Überstunden gehörten einfach zum Job dazu. Damit musste man sich eben arrangieren, sonst hatte man bei der Mordkommission nichts zu suchen. Das Verbrechen machte schließlich keine Pause. Weil er aber selbst in den nächsten Wochen Urlaub nehmen wollte, zeigte er sich diesmal gnädig. „Ein freier Tag pro Woche ist drin. Aber nicht mehr. Sonst noch was?"

Es gab keine weiteren Fragen und die Versammlung löste sich blitzschnell auf. Bei den Detectives war die Erleichterung deutlich zu spüren, den Auftraggeber der Mordserie identifiziert zu haben, auch wenn er jetzt nicht mehr unter den Lebenden weilte. Audrey befand sich im Zwiespalt. Sie glaubte immer noch nicht daran, dass Decker irgendetwas mit den Morden zu tun hatte. Sie würde Catherine fragen, ob sie den Abschiedsbrief in Auftrag gegeben hätte. Außerdem ging ihr durch den Kopf, ob Interpol auch in Transsilvanien zuständig war oder ob Vladimir dort ein sorgloses Leben führen konnte. Nach der vorherigen Nacht, in der sie und Catherine sich bis zur totalen Erschöpfung geliebt hatten, empfand sie zwar wieder etwas weniger Leidenschaft für Vladimir. Aber sie mochte ihn trotzdem sehr gern und würde ihn am liebsten so schnell wie möglich wiedersehen. Wäre denn eine platonische Freundschaft zu einem männlichen Vampir überhaupt möglich? Sie würde versuchen, es herauszufinden.

Juan besuchte Catherine in der Baker Street. Er wollte London Richtung New York verlassen. Die letzten Nächte waren auch für ihn ereignisreich und erfolgreich gewesen. Er besaß nämlich einen beträchtlichen Anteil daran, dass Catherine die Abstimmung gewonnen hatte. Wie groß sein Anteil tatsächlich gewesen war, würde er aber vorerst niemanden erzählen. Er wirkte lieber im Hintergrund. Das machte vieles einfacher. Sein nächstes Ziel bestand darin, Cole zu entmachten. Ein aus seiner Sicht genialer Plan schlummerte schon seit mehreren Tagen in Juans Gedanken. Wenn dieser klappen sollte, bräuchte er nicht mehr Jahrzehnte warten, um endlich in New York die Nummer eins unter den Vampiren zu werden.

„Catherine, ich werde in der nächsten Nacht deine großartige Stadt Richtung *Big Apple* verlassen. Hast du über meinen Vorschlag nachgedacht?"

„Das habe ich. Du hast Recht. Wir müssen herausfinden, wer Audrey nach New York entführen ließ und was dort passiert ist. Die Verantwortlichen dürften auch Cornelius auf Audrey angesetzt haben. Meinst du wirklich, dass du Audreys Erinnerungen durch Hypnose zurückholen kannst?"

„Ich habe das schon sehr oft gemacht. Die Fähigkeit habe ich von Sangus persönlich gelernt. Er war ein großartiger Lehrer und sicher der mächtigste Vampir seiner Zeit. Jetzt aber sind wir das, Catherine. Zusammen können wir in den nächsten Jahrhunderten noch viel erreichen."

Catherine war froh und dankbar, Juan an ihrer Seite zu wissen.

„Ok, Juan. Wir fahren jetzt zu Audrey und du versuchst dein Glück.“

„Mit Glück hat das rein gar nichts zu tun, Schwesterchen.“ Juan war tatsächlich restlos davon überzeugt, Audreys Erinnerungen zu wecken, auch wenn ihre Gedanken durch Vampire manipuliert worden waren. Oder vielleicht auch gerade deshalb.

Audrey schaute total entgeistert drein, als Catherine ihr mitteilte, dass sie von Juan unter Hypnose gesetzt werden sollte, um ihre Erinnerungen zurückzuholen.

„Muss das denn wirklich sein, Catherine? Ich bin froh keine Albträume mehr zu haben und jetzt soll ich alles noch einmal durchleben?“

„Keine Angst, Audrey“, mischte sich Juan ein. „Nach der Hypnose wirst du dich an noch weniger erinnern als jetzt. Ich werde deine Gedanken bezüglich deiner Entführung und den Leiden, die du in New York durchmachen musstest, vollständig löschen. Das ist für dich viel besser, als wenn dich dauernd bruchstückhafte Erinnerungen quälen. Vertrau mir! Ich weiß genau, was ich tue.“ Juan lächelte Audrey vertrauensvoll an und sie glaubte ihm. „Leg dich auf das Bett und lass es einfach geschehen. Schau mir einfach tief in die Augen, Audrey.“

Audrey blickte in Juans Augen, die plötzlich rot zu glühen anfingen. Sein hypnotisierender Blick reichte aus, um sie schläfrig zu machen. Sie gab sich Juan völlig hin und sie geriet in einen hypnotischen Zustand, der tatsächlich ihre düsteren Erinnerungen hervorholte. Catherine verließ nach kurzer Zeit den

Raum. Sie hatte genug gehört und wollte den schlimmen Erfahrungen ihrer Freundin nicht länger lauschen. Fünfzehn Minuten später holte Juan Audrey zurück in die Realität.

„Und? Hat es geklappt?", wollte sie wissen.

„Aber klar", antwortete Juan selbstsicher. „Du hast es überstanden und wirst niemals mehr an die schwere Zeit in New York denken müssen. Deine Erinnerung diesbezüglich ist nun vollständig ausgelöscht. Und zwar für immer."

„Hoffentlich. Und was habe ich unter Hypnose erzählt?"

„Das werden wir dir natürlich nicht sagen, Audrey. Ansonsten würde das Löschen deiner Erinnerung ja keinen Sinn machen."

„Ja, aber konnte ich denn die Verantwortlichen der Entführung identifizieren und erklären, was passiert ist?"

„Das konntest du. Wir werden uns jetzt um die Bastarde kümmern. Sie werden dir niemals mehr ein Haar krümmen. Das verspreche ich dir", warf Catherine ein, die in das Schlafzimmer der Polizistin zurückgekehrt war. Die Königin wirkte offenbar eher schockiert als erleichtert, bemerkte Audrey verwundert.

„Danke euch beiden", war das einzige, was Audrey hervorbrachte.

„Wir lassen dich jetzt allein. Wir gehen noch ein letztes Mal ins *PoD*, bevor Juan morgen London wieder verlässt."

Durch Catherines Körper strömte eine Woge der grenzenlosen Liebe zu Audrey. Sie nahm die

Polizistin in die Arme und drückte sie fest an ihre Brust. „Ich liebe dich über alles, Audrey! Vergiss das bitte niemals."

Sie küssten sich leidenschaftlich und Catherine griff unter Audreys T-Shirt, öffnete den BH und knetete ihre Brüste. Audrey stöhnte lustvoll, als Catherine zu ihrem Bauch herabglitt und dann ganz langsam mit der Hand noch weiter nach unten glitt. Es fühlte sich so unheimlich gut an, dachte Audrey noch, bevor Catherine die Hand plötzlich zurückzog und ihr einen letzten Kuss auf den Mund drückte. Die Königin verließ die Wohnung mit Tränen in den Augen.

Anschließend verabschiedete sich ein tief bewegter Juan von Audrey. Er hatte dezent auf dem Flur gewartet, da er den Abschied der beiden Verliebten nicht stören wollte.

„Genieß die letzten sonnigen Tage, mein Sonnenschein", waren die rätselhaften Worte von Juan, ehe er die Wohnung verließ. Was sollte das denn bedeuten, fragte sich Audrey. Sollte das ein Hinweis darauf sein, dass der Sommer endgültig vorbei wäre? Aber sie war zu müde, um länger darüber nachzudenken. Sie machte sich bettfertig und schlummerte bereits wenige Augenblicke später ein. Diese Nacht würde sie von Albträumen verschont bleiben.

„Du scheinst sie wirklich sehr zu lieben, Catherine", merkte Juan auf dem Weg zum *PoD* an.

„Das tue ich. Sie ist die erste große Liebe meines Lebens und ich werde sie schon bald zu meiner Gefährtin machen."

„Großartig. Das gönne ich dir. Du hast ja auch lange genug gesucht und einen besseren Zeitpunkt als jetzt könnte es eigentlich gar nicht geben. Was sagt denn die zukünftige Gemahlin dazu, dass du sie zum Vampir machen möchtest? Freut sie sich darauf, demnächst unsterblich zu sein und mit dir durch die Lüfte gleiten zu können?"

Betretendes Schweigen war Catherines Antwort.

„Oh, sie weiß es noch nicht?"

„Die letzten Wochen gingen mir andere Dinge durch den Kopf und wir konnten leider nur wenig Zeit miteinander verbringen. Aber jetzt, wo ich endlich Königin bin, habe ich wieder einen klaren Kopf. Und es gibt nichts, was ich mir mehr wünsche, als Audrey für lange Zeit an meiner Seite zu sehen."

„Sie wird den anderen Vampiren den Kopf verdrehen", schmunzelte Juan. „Sie ist ein echtes Teufelsweib."

„Das hoffe ich doch", erwiderte Catherine lächelnd. „Als Mensch wäre sie nicht mehr sicher, das haben die letzten Wochen eindrucksvoll bewiesen. Sie wäre zu vielen Gefahren ausgesetzt. Aber als Vampir hätte sie nichts mehr zu befürchten. Es wird niemand wagen, die Gefährtin der Königin zu attackieren."

Juan mochte die blonde Polizistin auch sehr gerne und er freute sich wirklich für Catherine, demnächst einen jungen Vampir an ihrer Seite zu haben. Sie würde bestimmt eine großartige Lehrerin für Audrey sein. Nur etwas beunruhigte ihn. Als Catherine das Schlafzimmer verlassen hatte, schilderte Audrey unter Hypnose ihre verwirrenden Gefühle gegenüber zwei Vampiren. Offensichtlich entwickelte sie gerade eine enge Verbundenheit zu Vladimir. Er hatte ihr Leben gerettet und schien ebenfalls Gefühle für die Sterbliche zu entfachen. Dies könnte zu ernsthaften Problemen führen. Sollte Catherine Audrey gegen ihren Willen umwandeln müssen, könnte diese sich noch mehr zu Vladimir hingezogen fühlen. Das würde seiner Schwester das Herz brechen. Wie könnte er das verhindern, fragte er sich.

1. Oktober

Im *PoD* war inzwischen wieder der graue Alltag eingekehrt. Nach der letzten rauschenden Nacht, in der mehr als hundert Vampire ihre neue Königin enthusiastisch gefeiert hatten, hielten sich nun nicht mehr als fünf Vampire und ein halbes Dutzend menschlicher Touristen im Club auf. Nach den Erkenntnissen, die Juans Hypnose bei Audrey ans Licht gebracht hatten, war Catherine auch nicht mehr in der Feierlaune der vergangenen Nacht. Ihre allerschlimmsten Befürchtungen hatten sich leider bewahrheitet. Unter den Londoner Vampiren gab es einen Maulwurf, der ihre enge Beziehung zu Audrey an Cole verraten hatte. Der amerikanische Vampir ließ die Polizistin nach New York entführen und übte selbst physische Gewalt an ihr aus, bevor er sie Sangus auslieferte. Diese Tat dürfte nicht ungesühnt bleiben. Coles Kopf würde rollen müssen. Dazu gab es keine Alternative, dachte Catherine hasserfüllt. Da sie aber – außer Audreys Aussagen unter Hypnose – keine eindeutigen Beweise vorlegen konnte, durfte sie als Königin nicht aktiv werden. Dies könnte Coles Anhängerschaft ansonsten vergraulen und im schlimmsten Fall sogar einen Krieg unter Vampiren anzetteln. Außerdem durfte die Rolle von Sangus nicht ans Tageslicht kommen, denn dann würde sein Verschwinden noch kritischer hinterfragt werden. Es hatte sie sehr große Überwindung gekostet, Juan über Sangus' Schicksal zu informieren. Eigentlich hätte sie das Geheimnis mit in die Ewigkeit nehmen wollen. Aber sie brauchte einen starken Verbündeten und da gab es niemand besseren als ihren Bruder. Juan versicherte Catherine, dass sie unter den gegebenen Umständen keine andere Möglichkeit gehabt hatte, als Sangus zu vernichten. Dieser hätte niemals Hand an Audrey legen dürfen. Die Königin freute sich, dass Juan es so gelassen aufnahm, dass sie ihren Schöpfer und *König der Finsternis* enthauptet hatte. Ihr Bruder schien sie wirklich zu verstehen. Juan selbst war in der Vergangenheit sogar noch weit schlimmeres widerfahren. Ein befreundeter Vampir namens Ivan hatte seine menschliche Freundin Irina nicht nur vergewaltigt, sondern später sogar im Blutrausch getötet. In dieser schweren Stunde stand ihm Catherine damals zur Seite und hatte Ivan erst mehrere Nächte gefoltert und dann schließlich einen Kopf kürzer gemacht, im wahrsten Sinne des Wortes. Sie redeten niemals darüber, aber ihre Verbundenheit war seit diesen traurigen Tagen unübertroffen und diese würde bis zum Ende ihrer Tage fortbestehen. Da war sich Catherine absolut sicher.

„Wie wollen wir vorgehen?", fragte Juan, dem Catherines Rachegelüste gegenüber Cole selbst sehr gelegen kamen. Er hatte im Stillen darauf spekuliert, dass die Hypnose der Polizistin Coles Untaten ans Licht brachten. Nun hatte Catherine keine andere Möglichkeit als Cole zu zerstören. Damit stiegen auch seine Chancen bald Obervampir in New York zu werden, dachte Juan erfreut.

„Ich werde Vladimir das Kommando für die Mission geben, Juan."

„Meinst du, er ist dafür stark genug? Cole ist schließlich doppelt so alt wie Vladi und ein extrem guter Kämpfer."

„Vladi wird den Überraschungseffekt auf seiner Seite haben. Cole weiß ja nicht, dass wir die Erinnerung von Audrey wecken konnten und ihn auslöschen wollen. Außerdem wird er noch seine Wunden lecken. Die Abstimmungsniederlage dürfte ihn ziemlich schwer getroffen haben."

„Da magst du Recht haben, aber wir sollten Cole auf gar keinen Fall unterschätzen. Er darf den Angriff nicht überleben, sonst bekommst du große Schwierigkeiten. Wir müssen eine plausible Story entwerfen, warum Vladimir nach New York fliegt."

„Ja, ich werde noch heute Nacht zurück nach Transsilvanien reisen und mit Vladimir reden. Vielleicht kann er sich selbst eine Coverstory überlegen."

„Ok, Catherine, für mich wird es auch langsam Zeit. Melde dich, wenn du deinen Racheplan fertig ausgearbeitet hast. Eventuell kann ich noch etwas beisteuern und euch bei der Umsetzung in New York helfen. Wir sehen uns dann spätestens Ende Oktober in Transsilvanien. Ich freue mich schon auf das Fest und auf das neue Königspaar."

„Ich melde mich in den nächsten Tagen auf jeden Fall bei dir, Juan. Wir sollten uns so schnell wie möglich um Cole kümmern. Er hat sein Recht auf Erden zu wandeln, endgültig verwirkt. Ich hasse diesen verdammten Schweinehund aus ganzem Herzen und würde ihm am allerliebsten selbst gegenübertreten und seinen Kopf von den Schultern reißen."

Sie umarmten sich ein letztes Mal und Juan verließ das *PoD*. Catherine besprach die letzten Details mit Marius und sah dann Dante an der Theke sitzen, natürlich mit einer Flasche synthetischen Blutes in der Hand. Bevor sie sich auf den Weg zu ihrem neuen Dienstsitz aufmachte, überzeugte sie Vladis Kumpel, zusammen mit ihr nach Transsilvanien zu fliegen. Er könnte Vladimir später nach New York begleiten und ihn dort tatkräftig unterstützen, Coles Herrschaft im *Big Apple* ein für alle Mal zu beenden. Leider war es für sie nur ein kurzer Aufenthalt in London gewesen und die notwendigen Gespräche mit Audrey mussten verschoben werden.

Bei ihrem nächsten Wiedersehen würde sie die Polizistin zum Vampir machen, ob diese es nun wollte oder nicht. Sie brauchte Audrey an ihrer Seite. Auf ihrer Inthronisierungsfeier wollte sie Audrey ihren Untertanen als Gefährtin präsentieren. Bis dahin müsste sie also ein Vampir sein. Ansonsten könnte sie keinen Respekt erwarten. Eine Königin durfte nicht über einen längeren Zeitraum mit einem Menschen liiert sein. Ihre Untertanen würden Audrey als Vampir lieben. Da war sich die Königin ganz sicher. Fünfundneunzig Prozent der Vampire waren männlich. Und das Königspaar würde zum ersten Mal aus zwei Frauen bestehen. Diejenigen, die Catherine vielleicht nicht mochten, würde Audrey um den kleinen Finger wickeln, dachte Catherine vergnügt. Sie konnte es gar nicht mehr erwarten, Audrey auch offiziell an ihrer Seite zu sehen und das bis in alle Ewigkeit. Oder doch zumindest für die nächsten fünf Jahrhunderte. Sie hatte schließlich fünfhundert Jahre nach einer Gefährtin wie Audrey gesucht und jetzt wollte sie ihr Glück so lange wie möglich auskosten.

Aber erst einmal stand Rache auf dem Plan. Als Königin hatte sie Anspruch auf ein eigenes Flugzeug. Die besondere Spezialanfertigung ließ im Passagierraum keine Sonnenstrahlen hinein. So musste sie nicht in einem Sarg fliegen und damit wären Catherines zukünftige Reisen komfortabel. Es existierte eine Reihe von Privilegien, die einer Königin zustanden. Bei ihrer Maschine handelte es sich um eine leicht modifizierte Gulfstream G650. Bei der G650 handelte es sich um ein zweistrahliges Geschäftsreiseflugzeug mit acht Sitzplätzen. Der Anschaffungspreis lag bei fast einhundert Millionen Dollar. Aber einer Königin gebührte nur das Beste und Geld spielte keine Rolle.

Audrey erwachte ohne jegliche Erinnerung an die Hypnose. Offensichtlich verstand Juan sein Handwerk tatsächlich sehr gut. Sie ging in die Küche und schaltete die Kaffeemaschine an. Ohne den Koffeinschub mehrerer Tassen des schwarzen Getränks bräuchte sie das Haus am frühen Morgen erst gar nicht verlassen. Außerdem fuhr sie ihren Laptop hoch und checkte die neuesten Emails. Im Posteingangsordner befand sich lediglich eine neue Nachricht. Sie stammte von Catherine:

„Hey, Audrey. Es tut mir unendlich leid, dass ich dich schon wieder allein zurücklassen musste. Aber sehr wichtige Angelegenheiten erfordern meine Anwesenheit in Transsilvanien vor Ort, so dass ich kurzfristig mit meinem Privatjet aufgebrochen bin. Es wäre toll, wenn du nächstes Wochenende zu mir kommen könntest. Dann kannst du mein Schloss bewundern. Vielleicht möchtest du dann gar nicht mehr zurück nach London und bleibst an meiner Seite. Ich liebe dich über alles und vermisse dich. Catherine. "

Audrey reagierte zunächst regelrecht sauer auf die Nachricht. Kaum war Catherine hier gewesen, da war sie auch schon wieder fort. Sie verstand, dass die Königin in den ersten Monaten ihrer Regentschaft viel um die Ohren haben würde. Aber sollte sie immer darunter leiden und die meisten Nächte allein sein? Hoffentlich gab es diesen Tag einen neuen Mordfall, um den sie sich kümmern konnte. Die Grübelei musste so schnell wie möglich aufhören, sonst würde sie noch völlig durchdrehen. Harte Arbeit würde ihr dabei helfen. Eine Reise nach Transsilvanien mit einem Privatjet würde sie aber auch gerne unternehmen. Mal schaun, ob es am Wochenende klappte. Vielleicht ließe sich auch ein Treffen mit Vladimir vereinbaren. Noch drei Tage arbeiten und dann in den Flieger setzen. Darauf konnte sie sich freuen. Der Ärger gegenüber Catherines plötzlichem Aufbruch hatte sich auch schon wieder gelegt. Wie konnte sie einer Königin, die sie abgöttisch liebte, auch böse sein?

Hunter versammelte gegen Mittag wieder alle anwesenden Detectives im Besprechungsraum. Er kündigte an, dass er ab sofort einen vierwöchigen Urlaub antreten wolle. Nur zwei Mordfälle wurden aktuell untersucht. Er bestimmte für die beiden Fälle jeweils einen Hauptverantwortlichen. Die übrigen Detectives sollten zuarbeiten. Auch Audrey durfte sich wieder ins Tagesgeschäft stürzen.

„Noch irgendwelche Fragen?", beendete er seine Ausführungen.

„Sind Sie notfalls erreichbar und wo geht es denn eigentlich hin?", wurde gefragt.

„Ich bin im Urlaub und damit natürlich für keinen von Ihnen erreichbar. Das sollten sie aus meinen vergangenen Urlauben eigentlich wissen. Ich fliege in die Karibik. Mehr Infos gibt es von meiner Seite nicht. Dann Hals- und Beinbruch. Ich möchte Sie alle hier in vier Wochen gesund und munter wiedersehen. Also machen Sie bitte keinen Blödsinn. Und jetzt an die Arbeit."

Auf seinem Schreibtisch fand Hunter einen Brief der Anwaltskanzlei *Davonport und Partner*, mit dem Vermerk „Persönlich". Der Name der Kanzlei sagte ihm gar nichts. Also ließ er den Brief ungeöffnet und startete in seinen wohlverdienten Urlaub. So wichtig würde das Schreiben wohl nicht sein, dachte er noch, bevor er das Büro gutgelaunt verließ. Noch niemals zuvor hatte er sich so sehr getäuscht!

2. Oktober

Catherine begrüßte Vladimir freundschaftlich in ihrem Arbeitszimmer.

„Hey, Vladi. Bei dir soweit alles in Ordnung?"

„Ja, danke. Wie war dein Flug?"

„Großartig. Mit der eigenen Maschine geflogen zu werden, ist ein tolles Gefühl. Langsam begreife ich, dass ich nun tatsächlich die Nummer EINS unter den Vampiren bin."

„Das kann ich mir vorstellen. Wurde Marius in London denn gut aufgenommen?"

„Na ja, du kennst ja unsere englischen Freunde. Sie brauchen etwas Zeit, bis sie jemanden ins Herz schließen. Aber das wird schon werden. Bei dir hat es ja auch einige Jahre gedauert, bis du akzeptiert wurdest."

„Wie geht es Audrey? Hat sie den Zwischenfall mit Cornelius mittlerweile verdaut?"

„Es geht ihr langsam etwas besser. Danke der Nachfrage. Wir haben endlich herausgefunden, was sich in New York abgespielt hat und wer für ihre Entführung verantwortlich war."

„Welcher Bastard hat es gewagt, deine Freundin anzugreifen?", antwortete Vladimir aufgebracht.

„Cole. Er wollte meine Wahl zur Königin verhindern. Und dafür ging er über Leichen." Die Rolle von Sangus ließ Catherine bewusst unerwähnt.

„Dieses verdammte Schwein."

„Es kommt noch viel schlimmer. Nicht nur, dass Audrey entführt wurde. Cole hat sie verprügelt und wahrscheinlich auch vergewaltigt."

Plötzlich fuhren Vladimirs Fangzähne weit aus und seine Augen fingen rot an zu funkeln. Er kochte förmlich vor Wut und sein aufkeimender Hass auf Cole war unübersehbar. Catherine wunderte sich ein bisschen über die extreme Reaktion des russischen Vampirs. Schließlich hatte er Audrey nur einige Tage lang bewacht und vorher keinerlei Kontakt zu ihr gehabt. Aber dieser Umstand sollte der Königin bei den Racheplänen gegenüber Cole eher noch helfen. Sie fragte Vladimir ganz direkt: „Hilfst du mir, Audrey zu rächen?"

„Natürlich, Catherine. Was soll ich tun?"

„Es gibt nur eine wahre Möglichkeit, Cole zur Rechenschaft zu ziehen. Sein Kopf muss rollen. Traust du dir das zu?"

„Ich werde den verfluchten Amerikaner in den Hintern treten und anschließend in Stücke reißen. Darauf kannst du wetten."

„Hervorragend. Ich habe aus London Dante als Unterstützung für dich mitgebracht. Zusammen solltet ihr das hinbekommen. Notfalls kann euch Juan auch noch helfen. Aber sonst darf niemand etwas davon erfahren. Also seid bitte sehr vorsichtig. Es darf nichts schiefgehen."

„Keine Angst, Catherine. Dante und ich sind ein eingespieltes Team. Gegen uns hat Cole nicht den Hauch einer Chance."

„Dann guten Flug", verabschiedete sich Catherine von ihrem zukünftigen Stellvertreter. Leichte Bedenken kamen ihr bezüglich der ausgewählten Vampire und ihrer Fähigkeit zu kämpfen. Aber ansonsten hätte sie Juan darum bitten müssen, Cole anzugreifen. Und würde das schiefgehen, wäre auch ihre Position in ernster Gefahr. Vladimir und Dante gehörten zwar zu ihren Londoner Untertanen, aber eine direkte Verbindung zu ihr ließe sich nicht so einfach herstellen. Wenn ihr Bruder im Einsatz wäre und Cole angriff, würde das unmittelbar auf sie zurückfallen.

Vladimir kochte immer noch vor Wut. Seine Gefühle gegenüber Audrey wurden von Tag zu Tag stärker und nun musste er hören, dass Cole sich in New York an der Polizistin vergangen hatte. Er war froh, dass Catherine ihm das Vertrauen schenkte, Cole in die Mangel nehmen zu können. Eigentlich widerstrebte es ihm, sich an Vampiren zu vergreifen. Aber bereits bei Cornelius hatte er mit keiner Wimper gezuckt, als er ihn ausgelöscht hatte. Vladimir gestand sich langsam ein, dass er auf dem besten Weg war, sich in Audrey unsterblich zu verlieben und dass er alles tun würde, um sie zu rächen. Und sie in seinen Armen halten zu dürfen.

Dante wartete schon ungeduldig auf ihn vor seinem Zimmer und begrüßte ihn mit einer freundschaftlichen Umarmung. „Hey, Vladi. Schön dich zu sehen. Du fehlst uns in London. Hast den großen Empfang für Catherine verpasst. Das *PoD* bebte förmlich, als sie sich dort von uns verabschiedete."

„Ich habe Mist gebaut. Von daher muss ich mich leider damit abfinden, in den nächsten Jahrzehnten London zu meiden. Aber eines Tages komme ich zurück zu euch. Das kann ich dir versprechen. Und bis dahin werde ich unserer verehrten Königin in

Transsilvanien zur Seite stehen. So schlimm ist es hier aber nun auch wieder nicht. Jede Woche werden uns zum Beispiel frische Blutbeutel frei Haus geliefert. Aus allen Teilen der Welt. Gestern hatte ich zum ersten Mal eine Japanerin zum Abendessen."

„Dann ist ja gut."

„Ich muss nur noch kurz etwas erledigen. Wir treffen uns dann im Foyer, Dante."

„Alles klar."

Vladimir begab sich in sein Zimmer, fuhr den Laptop hoch und schrieb eine Email an Audrey:

„Hi, Sweetheart. Ich hoffe, es geht dir gut. Die nächsten Tage werde ich mich voraussichtlich nicht bei dir melden können, da ich auf Reisen sein werde. Wie lange ich unterwegs bin, kann ich noch nicht mit Bestimmtheit sagen. Ich mag dich sehr gern und du fehlst mir. Ich fürchte, ich verliebe mich gerade in dich. Gruß aus Transsilvanien, Vladimir." Er überlegte einige Minuten, ob er den Text so abschicken könnte. Er gestand einer Sterblichen darin Gefühle, die er für sie entwickelte. Dies war sicher unklug, aber er konnte einfach nicht anders handeln. Nach seiner Rückkehr aus New York würde er sich überlegen, wie er Audreys Herz erobern könnte, ohne dass er von Catherine selbst einen Kopf kürzer gemacht würde. Er schickte die Email schließlich ab und begab sich zu Dante, um sich auf den Weg nach New York zu machen.

Audrey begann den Tag mit der gewohnten Routine: Aufstehen – Duschen – Kaffee kochen – Laptop anschmeißen – Kaffee trinken – Emails abrufen.

Von den Emails, die in ihrem Posteingangsordner lagen, fiel ihr sofort die Nachricht von Vladimir ins Auge. Beim Lesen des Textes bekam sie ein flaues Gefühl im Magen. Der Vampir schrieb ganz offen, dass er sie vermisste und tiefere Gefühle für sie entwickelte. Sie mochte ihn zwar auch sehr gerne, aber ihr Verstand riet ihr dazu, Vladimir nicht unnötige Hoffnungen zu machen. Sie wollte keinen Keil zwischen ihm und Catherine treiben. Dies würde für keinen von ihnen zu einem guten Ende führen. Er schrieb, dass er auf Reisen ging und sich einige Tage nicht melden könne. Das war gut. In der Zwischenzeit konnte sie darüber nachdenken, wie sie es dem Vampir möglichst schonend beibringen könnte, dass ihr Herz Catherine gewählt hatte. Oder war es doch eher ihr Verstand gewesen, sinnierte Audrey noch eine Weile, bevor sie die Wohnung verließ und zur Arbeit ging.

3. Oktober

Juan holte Vladimir und Dante vom New Yorker Flughafen *LaGuardia* ab. Bevor die beiden Vampire sich allerdings um Cole kümmern würden, stand erst einmal intensives Training mit dem Schwert auf dem Programm. Sie fuhren vom Flughafen direkt in Juans Trainingscenter. Dort trainierten sie hart bis zum Sonnenaufgang. Juan zeigte sich zu Beginn etwas besorgt über das stümperhafte Verhalten, welches die Vampire aus Europa an den Tag legten. Nach einigen Stunden des Schwertkampfes wirkte er dann doch etwas zufriedener.

„Genug für heute. Ihr seid zwar nicht gerade Meister mit dem Schwert, aber zu zweit könnt ihr Cole besiegen. Ihr dürft ihm nur keine Möglichkeit geben, sich zu wehren. Wenn er selbst ein Schwert in die Hand bekommen sollte, dürfte es gefährlich für euch werden. Also, denkt daran, den Bastard zu überraschen. Ihr wisst, wie brutal der Amerikaner mit Catherines Audrey umgegangen ist. Er verdient keine Gnade von uns. Aber bitte unterdrückt eure Emotionen, wenn ihr Cole gegenüber tretet und bewahrt kühlen Kopf. Sonst könntet ihr diesen nämlich verlieren."

„Wir werden es schon schaffen, Juan", erwiderte Vladimir, der seit einem Tag an nichts anderes mehr denken konnte, als Cole den finalen Todesstoß zu versetzen.

„Gut, dann lasst uns jetzt zu meiner Unterkunft fahren, bevor die Sonne aufgeht. Einer von euch darf auch in meinem allerneuesten Modell schlafen", lockerte Juan die Stimmung etwas auf. Sie warfen eine Münze und Vladimir gewann. Catherine war bei ihrem letzten Besuch ganz begeistert von seinem neuen Sarg gewesen. Nun durfte Vladimir in seiner vielleicht letzten Nacht auf Erden darin ruhen.

Audrey dachte schon den ganzen Arbeitstag daran, wie es denn wohl wäre, mit einem Privatjet zu fliegen. Am Abend war es endlich soweit. Sie durfte mit dem Flugzeug der Königin nach Transsilvanien fliegen. Sie fuhr nach Dienstschluss auf direktem Weg zum Flughafen *Farnborough*, der in ganz Europa zu den führenden Privatflughäfen gehörte und insbesondere durch seine ausgefallene Architektur beeindruckte. Ihren Reisekoffer hatte sie bereits am letzten Abend gepackt und morgens zur Arbeit mitgenommen. Sie flog nicht von einem der großen Flughäfen *Heathrow* oder *Gatwick*, da die Slot-Zeiten für Privatmaschinen dort beschränkt waren, wie ihr Catherine erklärt hatte. Das Flugzeug war bereits aufgetankt, als sie eintraf und so startete Audrey voller Vorfreude ihren Trip nach Transsilvanien. Während des Fluges wurde ihr von ihrer eigenen Stewardess fast jeder Wunsch von den Lippen abgelesen. Denn sie war der einzige Passagier. Sie aß und trank fast ununterbrochen den gesamten Flug. An einen Privatjet könnte man sich gewöhnen, dachte sie überschwänglich. Eine Königin als enge Freundin zu haben, würde anscheinend gewisse Vorteile mit sich bringen.

„Dreh dich doch bitte auf deinen Rücken, mein Kätzchen", forderte er seine wunderschöne, blonde Gefährtin auf, die völlig nackt neben ihm auf einem dunkelgrünen, seidenen Laken in ihrem Doppelbett lag. Was gab es schon stimmungsvolleres, als ein prachtvoller, williger Frauenkörper, dachte er erregt. Sally stöhnte, als Cole seinen nackten, muskulösen Körper wieder auf sie schob. Er drang in sie ein und seine Fangzähne verlängerten sich – hervorgerufen durch seine wachsende Lust – innerhalb von Sekundenbruchteilen zu voller Länge. Er stieß nun immer schneller und heftiger in sie und konnte seine Lust kaum noch zügeln. Sie war in seinen Augen der schönste Vampir, der jemals auf Erden wandelte und er würde sie lieben bis zu seiner allerletzten Nacht, wie fern diese auch sein möge. Ihr lautes Stöhnen und die unersättliche Lust, die Sally im Bett ausstrahlte, trieben ihn häufig an den Rand des Wahnsinns. Er glitt mit seinen starken Händen über ihre makellose Haut, von ihren Hüften, über ihre prallen Brüste, bis zu ihrem Haaransatz. Er vergrub seine Finger in den dicken, blonden Strähnen und stieß ein allerletztes Mal kräftig in sie. Sally schrie laut auf und beide erlebten – wie so häufig – ihren Höhepunkt gemeinsam. Glücklich und befriedigt ruhten sich die beiden etwas aus, bevor sie eine Etage tiefer ins *Dark Mansion* hinabstiegen, um dort ein Auge auf die Gäste zu werfen. Sally würde diese Nacht nicht hinter der Theke stehen. Seit seiner verlorenen Abstimmung wollte Cole, dass sie sich immer bereithielte, damit sie so viel Zeit wie möglich miteinander verbringen konnten. Sally war sein einziger verbliebener Rettungsanker. Ohne sie wäre er wahrscheinlich schon ausgerastet und hätte so viele von Catherines Anhängern getötet wie es ihm denn möglich gewesen wäre. Vielleicht wäre er sogar direkt auf die Königin losgegangen. Beides hätte letztendlich seinen Kopf gekostet und Sally wäre allein zurückgeblieben.

Cole beschlich plötzlich ein ungutes Gefühl, was ihn sofort dazu veranlasste, seine Bar bereits um zweiundzwanzig Uhr zu schließen. Er schickte Sally in ihre gemeinsame Wohnung, die direkt über dem *Dark Mansion* lag. Cole selbst begab sich in den Keller. Er meinte, dort etwas gehört zu haben.

Bevor er die Treppen zum Keller hinabstieg, griff er noch ein *Katana*. Unbewaffnet würde er niemandem gegenübertreten. Er öffnete die Tür zum Keller und entdeckte dort zwei schwarz gekleidete Gestalten. Sie waren Cole unbekannt, aber er konnte erkennen, dass es sich um Vampire handelte. Einer von ihnen sprach: „Wir sind hier, um die Freundin unserer Königin zu rächen, du Bastard." Dann hatte die kleine Schlampe sich wohl wieder erinnert, dachte Cole und trat in den Kellerflur. Dante zog sofort mit einer raschen Bewegung sein Schwert. Der tödliche Kampf hatte begonnen. Vladimir schaute erst einmal zu, als sich die beiden anderen Vampire umkreisten. Plötzlich stieß Dante einen wilden Angriffsschrei aus. Er ging mit erhobenem Schwert auf Cole zu. Der ließ sich nicht beeindrucken, machte nur einen kleinen Schritt zurück und blieb mit weit gespreizten Beinen seitlich zu seinem Gegner stehen. Zugleich hob er sein Schwert ebenfalls über den Kopf und ließ es hinter seinem Rücken verschwinden, so dass Dante es nicht mehr sehen konnte. Dann wartete er auf Dantes Reaktion. Dieser schrie wieder und griff an. Er schlug mit dem Schwert nach dem Hals des Gegners. Cole bewegte sich immer noch nicht. Doch dann, im allerletzten Moment, wich er dem Schlag Dantes geschickt aus und enthauptete diesen mit einem fürchterlichen Hieb.

Vladimir blickte geschockt auf den sich schnell zersetzenden Körper von Dante. Cole wollte den günstigen Augenblick des Zögerns nutzen und griff den russischen Vampir mit erhobenem Katana und einem markerschütternden Kriegsschrei an. Vladimir reagierte gerade noch rechtzeitig und führte eine halbe Drehung aus und zog das Schwert in einer schnellen Bewegung nach oben. Cole zeigte, dass er ein äußerst erfahrener Kämpfer war und bewegte sich blitzartig zur Seite und schlug weiter auf Vladimir ein. Dieser jedoch setzte zu einem fast unglaublichen Überschlag an und landete hinter Cole auf dem Boden. Er schlug dann mit dem Katana nach Cole, aber der Amerikaner konterte den Schlag, und das Aufeinanderprallen der beiden Klingen ließ Vladimirs Schwert und seine Arme kräftig erzittern. Er atmete aus und versuchte Cole zurückzudrängen. Die Klingen prallten immer und immer wieder aufeinander, während die Kämpfer ihre Katanas hin und her schwangen. Nun wich Vladimir abermals zurück und Cole kämpfte sich vor. Vladimir geriet in ernsthafte Schwierigkeiten, weil ihm die Abwehr von Coles unerbittlichen Angriffen die Kraft nahm. Da beging Cole einen gravierenden Fehler, als er voller Verachtung rief: „Ich habe es der blonden Freundin deiner Königin mal so richtig besorgt, als sie in New York gewesen war. Ihr hat das Spaß gemacht." Wut und unendlicher Hass stieg in Vladimir auf, und er bündelte seine Kräfte ein allerletztes Mal. Er zwang Cole nun dazu, mit jedem seiner kraftvollen Schläge zurückzuweichen. Er schlug wieder und wieder auf Cole ein, aber dessen Reaktionen waren weiterhin beeindruckend leichtfüßig, und er schien keine Schwäche zu zeigen. Er drehte sich blitzschnell um seine Achse und brachte seine Klinge schützend nach oben, dann verschaffte er sich mit einer weiteren geschickten Bewegung wieder etwas größeren Abstand zu Vladimir. Ein letztes Mal bewegte sich Vladimir auf Cole zu, hob das Katana und hieb mit einer schnellen Bewegung nach vorne und traf Cole diesmal tief in der Brust, was diesen erst einmal kampfunfähig machte. Vladimir riss sein Schwert aus der Brust des Amerikaners und setzte dann zum finalen Schlag an, um Coles Kopf von seinen Schultern zu holen. Damit war das Gefecht beendet und die New Yorker Vampire hatten ihr Oberhaupt verloren und Vladimir seinen Rachedurst gestillt.

Aus der Ferne beobachtete Juan gespannt den dramatischen Kampf zwischen Cole und Vladimir. Als Dante seinen Kopf verlor, überlegte Juan einen kurzen Augenblick, ob er vielleicht einschreiten sollte. Er ließ es aber sein und dies war auch genau richtig gewesen, wie sich gezeigt hatte. Vladimirs gnadenloser Hass auf Cole hatte in dem russischen

Vampir unfassbare Kräfte geweckt, die er unter normalen Umständen überhaupt nicht besaß. So konnte er Cole tatsächlich vernichten.

„Gut gemacht, Vladi", rief Juan, kam aus seinem Versteck heraus und applaudierte lautstark, um auf sich aufmerksam zu machen.

„Du bist hier, Juan?"

„Ich konnte es nicht länger ertragen, auf eure ungewisse Rückkehr zu warten."

„Cole ist vernichtet, aber Dante hat es auch erwischt. Er war mein bester Freund und ich konnte ihn nicht beschützen.

„Es war ja nicht deine Schuld, Vladimir. Coles Schnelligkeit hat selbst mich sehr beeindruckt. Und Dante ist schließlich für eine gute Sache gestorben. Das darfst du niemals vergessen. Du hast Audrey standesgemäß gerächt und damit deine Aufgabe im Sinne der Königin voll erfüllt. Nun lass uns gehen, ehe hier noch jemand auftaucht und uns erkennt."

„Ok", erwiderte Vladimir, der zwischen zwei stark ausgeprägten Gefühlen schwankte. Zum einen war er todtraurig, dass sein bester Kumpel Dante nicht mehr existierte. Zum anderen fühlte er eine große Erleichterung und Genugtuung, da er Audreys Peiniger für alle Zeiten ausgeschaltet hatte. Der verfluchte Cole würde niemals wieder Hand an sie oder jemand anderen legen können. Er schüttelte Juan die ausgestreckte Hand und drehte sich dann Richtung offener Tür. In diesem Moment zog Juan blitzschnell sein *Tsurugi* aus seinem Halfter und holte zu einem mächtigen Schlag aus, um Vladimirs Kopf vom Rumpf abzutrennen. Als der Kopf vom Körper

fiel, murmelte Juan „Tut mir sehr leid, mein Freund"
leise vor sich hin. Es fiel ihm alles andere als leicht,
einen so loyalen und starken Vampir wie Vladimir
auszulöschen. Aber er sah keine andere Möglichkeit
Catherine zu helfen. Nur wenn Vladimir nicht mehr
auf Erden weilte, wären Audreys Gefühle zu
Catherine nicht mehr in Gefahr und nur dann wäre
das zukünftige Glück der Königin vollkommen. Und
seine Schwester hatte eine glückliche Zukunft
verdient, und er würde dafür notfalls sein Leben
geben. Juan sammelte die Schwerter ein und verließ
den Keller Richtung erstem Obergeschoß, wo sich
Coles Gefährtin Sally aufhielt.

4. Oktober

Kurz nach Mitternacht traf Audrey am Sitz der Königin ein. Auf die Polizistin wirkte das Schloss innen uralt, und viele Teile erschienen ihr sehr dunkel und bedrohlich. Das Erdgeschoß wurde offenbar nur von Fackeln erhellt, deren Flammen an den Steinmauern und in den langen dunklen Korridoren bebende Schatten warfen. Anscheinend verzichteten die Vampire hier vollkommen auf elektrisches Licht, da diese in der Dunkelheit ja ohnehin perfekt sehen konnten. Menschliche Gäste würde es hier wohl eher selten geben, sagte sich die Polizistin. Zu ihrer Freude stellte sich jedoch heraus, dass ihr geräumiges Zimmer, in welches sie gebracht wurde, stilvoll eingerichtet war. Einige der Möbel schienen allerdings bereits einige Jahrhunderte auf dem Buckel zu haben. Aber sie hatten zumindest elektrisches Licht im Raum und ein großes, luxuriös eingerichtetes Badezimmer grenzte unmittelbar an das Schlafzimmer. Das Bett wirkte so gewaltig, als ob man darauf Ringkämpfe veranstalten könnte. Sie war sehr gespannt darauf, ihre erste Nacht darin, gemeinsam mit der Königin zu verbringen. Bevor Catherine sie empfing, wurde Audrey noch ein köstliches und reichhaltiges Abendessen in einem riesigen Speisesaal serviert. Sie fragte sich, ob die Nahrungsmittel, die für das Essen benötigt wurden, extra für sie eingekauft worden waren. Sie trank auch eine ganze Flasche Wein, um ihre stetig wachsende Nervosität zu verringern. Unter dem Alkoholeinfluss würde sie deutlich lockerer werden. Sie fühlte bereits einen leichten Schwips. Nachdem sie ausgiebig gespeist hatte, begab sich Audrey zurück in ihr Schlafgemach, um ihre Kleidung zu wechseln. Sie wollte der Königin nicht in ihren gewöhnlichen Straßenklamotten gegenübertreten. Stattdessen trug sie ein hautenges, tief ausgeschnittenes rotes Kleid, das mit dunkelroten Pailletten besetzt war. Dazu zog sie traumhaft schöne Krokopumps an. Audrey stellte sich vor den Spiegel, um die letzten Korrekturen an ihrer Frisur anzubringen. Außerdem wählte sie noch eine passende Lippenstiftfarbe aus und trug ein bisschen Rouge auf. Alles in allem fand sie ihr Aussehen recht ansehnlich, und sie würde die Königin mit ihrem Anblick sicherlich nicht allzu enttäuschen. Sie blickte der Zusammenkunft mit Catherine unruhig entgegen. In dieser Nacht sollten Zukunftspläne geschmiedet werden. Wie die Ideen der Königin diesbezüglich aussähen, ahnte Audrey noch nicht einmal ansatzweise.

Einer ihrer Untergebenen klopfte an die Tür des Arbeitszimmers und teilte Catherine mit, dass Juan sie dringend sprechen wolle. Die Königin griff zum Telefon. Sie hatte sich schon gewundert, wie lange es noch dauern würde, bis sie endlich Nachricht aus New York erhielte.

„Hallo Juan, wie ist denn die Lage bei euch?"

„Leider gab es einige Komplikationen. Dante und Vladimir sind tot. Ich bin zu spät dazu gestoßen, und konnte die beiden nicht mehr vor dem Untergang retten. Cole habe ich aber vernichten können." Juan belog seine Schwester ungern und auch sehr selten, aber er würde ihr natürlich nicht sagen, dass er selbst Vladimir getötet hatte, um die Liebe der Königin zu der jungen Polizistin nicht zu gefährden.

„Verdammt. Ausgerechnet Audreys Lebensretter Vladimir. Das tut höllisch weh, mein Bruder. Aber dir ist hoffentlich nichts passiert?"

„Nein, Vladimir hatte Cole abgelenkt, so dass der Bastard mich nicht bemerkte und ich ihm den Garaus machen konnte."

„Wie lautet denn jetzt unsere Coverstory? Cole wird sicher schon vermisst werden. Zumindest von seiner Gefährtin Sally."

„Das denke ich nicht, Catherine. Ich habe mich auch ihrer angenommen. Von den beiden wird es keine Spuren mehr geben. Ein Großteil der New Yorker Vampire wird denken, dass Cole nicht akzeptieren konnte, dass du Königin geworden bist und er sich einfach aus dem Staub gemacht hat."

„Ich danke dir. Halte mich bitte auf dem Laufenden", verabschiedete sich Catherine von Juan. Es war traurig, dass zwei ihrer Untertanen aus Londoner Zeiten nicht zurückkehren würden, aber vielleicht hatte das Schicksal für Vladimir und Dante genau dieses Ende vorgesehen: In Ausübung ihrer Pflicht gegenüber ihrer geliebten Königin auf dem „Schlachtfeld" zu sterben. Es gab deutlich weniger heroische Möglichkeiten umzukommen. Nur leider dürfte niemand von ihren Heldentaten erfahren.

„Ich melde mich wieder bei dir, große Schwester", beendete Juan das Telefonat.

Catherine ließ Audrey in ihr Arbeitszimmer bringen. Die nächsten Minuten sollten über ihre gemeinsame Zukunft entscheiden. Könnte sie die junge Polizistin dazu bewegen, freiwillig ein Vampir zu werden oder eben nicht? Diese Frage stellte sich die Königin schon fast die ganze Nacht. Es war natürlich sehr traurig, dass sowohl Vladimir als auch Dante von Cole vernichtet worden waren. Aber der Schmerz würde sofort verblassen, sobald sie Audrey zu ihrer Gefährtin machen könnte. Der Wunsch, mit ihr die nächsten Jahrhunderte zu verbringen, stellte alles andere weit in den Schatten. Wenn man mal ihr Amt als Königin außen vorließ.

„Du siehst einfach umwerfend aus", begrüßte sie die Sterbliche und nahm die junge Frau in die Arme. Die Königin musste viel Selbstdisziplin aufbieten, damit sie Audrey nicht sofort in den Hals biss, um ihr süßes Blut zu trinken. Aber erst einmal mussten wichtige Dinge besprochen werden. Die Lust sollte später befriedigt werden.

„Danke, Catherine. Aber im Vergleich zu dir, sehe ich doch trotzdem hausbacken aus."

„Rede doch keinen Unsinn. Du bist der schönste Mensch, der jemals diesen Ort betreten hat."

„Waren denn schon viele Menschen hier?", fragte Audrey interessiert.

„Hierher gekommen sind schon viele tausend Sterbliche, aber noch niemand hat dieses Schloss jemals wieder als Mensch lebend verlassen."

„Wie meinst du das?", erwiderte Audrey leicht beunruhigt.

„Na ja, die meisten Männer und Frauen kamen natürlich als Nahrungsspender für die Vampire hierher. Oder als Blutbeutel, wie wir sie gerne auch liebevoll bezeichnen. Sie verließen das Schloss also entweder als Leichen oder wurden direkt in der Gartenanalage begraben. Aber niemand von ihnen konnte das Anwesen mehr lebend verlassen. Denn kein Mensch darf außerhalb dieser Mauern erfahren, was sich hier abspielt. Wir müssen ja auch an unsere eigene Sicherheit denken."

„Oh, mein Gott. Du machst mir eine Höllenangst, Catherine."

„Lass mich doch bitte ausreden, Audrey. Eine ganze Reihe von ehemals schwachen Sterblichen wurde innerhalb dieser Mauern umgewandelt, und sie dürfen nun als Vampire die Welt bereichern. Es ist ein hohes Privileg am Hauptsitz des Königs oder jetzt der Königin verwandelt zu werden." Catherine lächelte verträumt bei diesen Worten.

„Also werde ich dann der erste Mensch sein, der diesen Ort lebend verlassen wird?"

„Ich hoffe nicht, Audrey."

„Was?"

„Ich möchte dich hier behalten, an meiner Seite als Gefährtin. Und dafür musst du natürlich in einen Vampir verwandelt werden."

„Das meinst du doch nicht wirklich ernst, oder?"

„Nichts war mir jemals ernster."

„Aber was wäre dann mit meinem Leben in London? Ich kann doch nicht alles zurücklassen."

„Warum denn nicht? Du könntest dein jetziges beschauliches und menschliches Leben gegen ein prachtvolles und erfülltes Leben an der Seite einer Königin eintauschen. Du hast nicht die geringste Vorstellung davon, welche enormen Kräfte wir im Vergleich zu den Menschen besitzen. Du könntest sogar fliegen. Und wenn du an meiner Seite wärst, bekämst du immer frisches Blut frei Haus geliefert. Du bräuchtest gar nicht selbst auf die Jagd gehen und Menschen töten."

„Aber ich könnte mich von niemanden mehr verabschieden, wenn du mich in dieser Nacht zum Vampir machen würdest, und ich hierbliebe. Noch nicht einmal von meinen Eltern." Audrey spürte die totale Euphorie bei Catherine. Sie schien sich nichts sehnlicher als ihre Umwandlung zu wünschen. Wie sollte sie darauf nur reagieren?

„Ich brauche dich an meiner Seite, Audrey. Ich bitte dich inständig: Werde meine Gefährtin und lass mich dich verwandeln. Du wirst es nicht bereuen. Schau mich an. Ich liebe es, ein Vampir zu sein. Und mit dir zusammen wäre ich wunschlos glücklich. Möchtest du wirklich mein Herz zerbrechen sehen und mich zurückweisen?"

„Nein, natürlich nicht. Ich liebe dich ja auch und möchte dich nicht verlieren. Wie würde denn eine Umwandlung vollzogen werden?"

„Du müsstest etwas von meinem Blut trinken. Denn nur, wenn du Vampirblut in dir hast, kannst du verwandelt werden. Danach würde ich dir das Genick brechen und damit dein menschliches Leben endgültig auslöschen. Anschließend würden wir drei Tage und Nächte eng umschlungen unter der Erde verbringen. Dann wäre die Umwandlung vollzogen und wir wären auf ewig vereint."

Audrey wurde bei diesen faszinierenden Worten leicht schwindlig und fiel zu Boden. Das musste am Alkohol liegen. Sie konnte nicht mehr klar denken. Und als Catherine sie in ihre starken Arme nahm und sie in die hypnotischen Augen des Vampirs blickte, hörte Audrey sich selbst – wie aus weiter Ferne – sprechen: „Lass es uns tun. Verwandle mich, meine Königin!" Das ließ sich Catherine nicht zweimal sagen. Nun würde sie Audrey endlich zum Vampir machen können. Sie ritzte sich das Handgelenk mit einem Dolch auf und gab Audrey ihr königliches Vampirblut zu trinken…